AVE FÉNIX

Modelo de pasión

ANTONIO SOLER

PLAZA & JANÉS EDITORES, S.A.

Diseño de la portada: Método, S. L.
Ilustración de la portada: *Muchacha de encargo*, de Allen Jones

Tercera edición: junio, 1999
(Primera con esta portada)

© Guadalquivir, S. L. Ediciones Sevilla
© de la presente edición: 1999, Plaza & Janés Editores, S. A.
    Travessera de Gràcia, 47-49. 08021 Barcelona

Printed in Spain – Impreso en España

ISBN: 84-01-41858-5
Depósito legal: B. 25.260 - 1999

Fotocomposición: Alfonso Lozano

Impreso en Romanyà Valls, S. A.
Verdaguer, 1. Capellades (Barcelona)

L 41858 A

A María José,
modelo de pasión

Silencias su voz cuando quiere hablarte.
Con un gesto decides
modelo de pasión.
Has entrado en un cuerpo
por el costado de la soledad.

JOSÉ ÁNGEL CILLERUELO

Primero es un disparo. Después el silencio. Y luego el aleteo de un pájaro o el pulso de un helicóptero que entra en mi cabeza y la cruza de un lado a otro. Estoy en una cabina de proyecciones, rodeado de escombros, recortes de película y bobinas oxidadas. El eco del helicóptero no es otra cosa que el murmullo de la película deslizándose temblorosa hacia el objetivo del proyector, la respiración ronca de las turbinas. Me acerco a la ventanilla y veo la sala del cine vacía, oscura. En la pantalla, delante de las tapias de una fábrica medio derruida, la última luz del día ilumina una playa, la silueta de unas rocas cubiertas de alquitrán y algas.

Me late el corazón, y entre las rocas busco hasta encontrarlo el cuerpo de una mujer mecida por el agua. Sus piernas, desarticuladas y ahogadas, se balancean en la oscuridad al compás de las olas. La pantalla se va convirtiendo en un parpadeo negro en el que apenas se distingue el perfil de la fábrica abandonada y yo me quedo solo con el pulso de mi sangre y el miedo, escuchando el compás de los platos al girar y el temblor de la película –veinticuatro imágenes por segundo, veintisiete metros por minuto– con la certeza de que allí, en medio de la pantalla, en medio de esa mancha negra, entre la invisibilidad de las rocas, continúa flotando el cuerpo desnudo de una mujer. Y entonces oigo su voz, el rumor de las olas y un grito. Estallan los cristales de mi ventana y se quema, se derrite la película, abrasada por la luz del proyector. Me despierto, y todavía deslumbrado por el resplandor de la pantalla, sin saber si recuerdo, sueño o desvarío, veo mi silueta en las sombras del espejo y por unos instantes creo que todavía estoy en una habitación cualquiera de una ciudad cualquiera.

Wilhelmshaven. Reconozco la dimensión del cuarto y el perfil de los muebles. Wilhelmshaven. El nombre de la ciudad me sirve para centrar los últimos meses de mi vida y diluir el miedo. Vuelvo a recostarme, me hundo en el olor de las sábanas sin voluntad, sin ningún deseo. Cierro los ojos y compruebo que el proyector sigue funcionando, ahí continúa la pantalla negra, con todas las imágenes del pasado flotando en ella. Estoy solo con mi sueño, con el martilleo lento de las máquinas, oyendo otra vez ese sonido que se parece a las aspas de un helicóptero. Y también oigo el eco de su voz, aquella voz de humo que se funde con el murmullo de las hélices y el rumor de las olas y que, lo mismo que la nebulosa blanca de un proyector atravesando la oscuridad de una sala, se pierde en el horizonte tenebroso que hay al final de mi cerebro y allí se hunde, entre los residuos y los abismos de la memoria. Amparo.

Fue una noche de primavera o quizá de principios de verano cuando la vi por primera vez, apoyada en el mostrador de aquel bar estrecho y alargado, dándole vueltas distraídamente a una copa en forma de campana que contenía un líquido verde y espeso. Ahora, después de tantos días, después de tantos sucesos que vinieron a remover y enturbiar el pasado, no puedo recordar esa imagen sin que sobre ella aparezca el eco de su voz describiendo aquel lugar mal alumbrado y triste, como si yo nunca lo hubiera visto y tuviese que guiarme y recomponer la memoria por medio de unas palabras que en realidad nunca oí. Los pasos en la noche, el suelo empedrado y resbaladizo, mi silueta adentrándose en esas calles empinadas con olor a salitre y orina, mi sombra reflejada en las vidrieras de las tiendas cerradas. Cientos de veces, yendo de una ciudad a otra, en la soledad de algún destartalado hotel o en la somnolencia de los trenes nocturnos, he recordado aquella noche, y siempre su voz ha estado alentando en el fondo de las imágenes, como el vaho o la niebla.

Nunca mi vida habría sido mi vida sin aquella noche, sin aquella tormenta que dejó las calles más estrechas y oscuras, con restos de lluvia bajando como un sudor tibio por las paredes recalentadas de los edificios. Pasé las horas recostado en el viejo sillón de la cabina, observando cómo las manchas de humedad iban aflorando en la cal mientras el chapoteo de la lluvia en el tejado se confundía con el rumor de la sala. Parecía que llevase años proyectando la misma película, siempre los mismos automóviles cruzando la soledad de la noche, los mismos rostros, los mismos disparos sonando en el mismo momento, siempre la misma voz diciendo las mismas cosas con el mismo tono.

Al salir del cine me dirigí a los alrededores del puerto. Entraba en las tabernas que encontraba abiertas y bebía en ellas con calma, sintiendo que también yo había entrado en una rueda que giraba sobre sí misma. Mi vida convertida en una sucesión de fotogramas idénticos. Al llegar a aquel bar de luz pobre pensé en Meliveo y Ángela, en las noches en las que aquel lugar nos había servido de punto de encuentro. Pero al entrar no vi a mi amigo ni el temblor azul que Ángela tenía en los ojos. En el otro extremo de la barra había una joven rubia mirándome. Era evidente que leía mis pensamientos sin esfuerzo, con un aburrimiento que finalmente la llevó a retirar la vista y a posarla, amarillenta o verde, en unas cuantas latas de conserva, enormes y abolladas, que combaban las estanterías.

Mientras un camarero joven y mellado me preguntó qué deseaba y dejó a mi lado una botella de ginebra, una copa y varios trozos de hielo sobresaliendo de un vaso, ella, indiferente a todo cuanto la rodeaba, no volvió a mirarme. Sólo dejaba de girar su copa de menta –la longitud delgada y pálida de los dedos acariciando el vidrio– para subirse con un movimiento mecánico el tirante de una camiseta gris claro que poco a poco volvía a deslizársele por el hombro hasta quedar colgando sobre el brazo. A su lado, un tipo joven con el pelo revuelto y un hombre canoso y con la piel amarilla la miraban sonrientes, daban pasos atrás para observarla –las sonrisas se les coagulaban– y se le volvían a acercar, acariciándola con la vista y el aliento. Rozaban su melena para poner los vasos en el mostrador o la cubrían con un abrazo que nunca llegaba a cerrarse ni a tocar su piel. Aquellos contactos furtivos, enturbiados por el alcohol, yo los hacía míos, era yo –la ginebra dibujaba un rayo blanco en la bóveda de mi pecho– quien rozaba su mejilla con mi respiración, quien pasaba los ojos por su vientre y quien le acariciaba con la parte interior del brazo la cadera o estaba a punto de hundir los labios en su melena. Pero ella continuaba observando el mundo a través de un filtro empañado, bebiendo lentamente aquella pócima de color verde, fumando despacio y mirando a ninguna parte.

Pensé que los dos hombres la conocían y se burlaban de mí. Simulando firmeza, me dirigí al servicio –una pared bajo la que corría un canal estrecho y con ladrillos cuarteados sobre el que colgaba un lavabo con el grifo oxidado y un espejo en el que no me reconocí–. Al salir de aquel cuarto y mirar hacia el rincón donde se encontraba la rubia, dispuesto a recuperar el dibujo exacto de sus rasgos, comprobé que había desaparecido. Allí estaba su copa de menta a medio beber, las caras somnolientas y repentinamente ensombrecidas de los dos hombres. Apuré mi copa, fui hacia la puerta y miré un túnel de aceras solitarias y esquinas mal alumbradas por las que desde hacía años nadie había pasado. Di unos pasos calle abajo.

El aire cálido, cargado de humedad y de olores renovados, me impulsó a seguir andando, a adentrarme sin rumbo fijo en la atmósfera blanda de la noche. La calle, descendiendo, me llevó hasta un pequeño muro bajo el cual se veían los tejados y azoteas de unas casas situadas en un nivel más bajo, a orillas del canal y de sus resplandores temblorosos y pobres. Bajé una escalinata de piedra y continué el trazo desigual de una nueva calle, más estrecha que la anterior. De las paredes se desprendía un olor que se mezclaba con no sé qué aroma de flores y pétalos frescos. Un aroma que parecía nacer en la propia brisa y que a veces, al doblar una esquina, deshacía la atmósfera pesada y caliente de la noche. Fue entonces, al recibir una bocanada de ese aire limpio, cuando por un instante recordé con claridad los ojos grandes y apagados de la joven rubia, y al hacerlo sentí que en aquel suelo resbaladizo y oscuro pisaba la víscera de un animal, blanda y escurridiza. A pesar de la repugnancia seguí andando, perdido ya en un laberinto de recodos y escalinatas, de callejuelas y cuestas todas iguales, y sólo después de bajar una nueva escalera y adentrarme en una calle con soportales, ya al nivel del canal y del agua muerta que lo llenaba, vi a lo lejos una figura que caminaba muy despacio.

No importaban la oscuridad ni la distancia, supe que era ella. La ginebra me latió lánguida en las venas. Allí estaba, recortándose contra las luces lejanas de la ciudad, envuelta por el murmullo del agua. Aunque intenté acomodar mis pasos a los suyos para poder seguirla desde lejos, pronto la distancia que nos separaba empezó a acortarse. Yo contaba sus pasos y los míos, imaginaba palabras y volvía a contar mis pasos, concediéndome una última tregua antes de acercarme definitivamente a aquella mujer que cada vez andaba más despacio, que se detenía como una película sin fuerza, el agua lamiendo estremecida las paredes del canal.

Volvió la cabeza para mirarme y siguió caminando con la misma lentitud, como si nada hubiera visto. En mi interior se reflejaba aquel paisaje oscuro. Detrás del esternón, en la pantalla de mis pulmones, se proyectaba una película que reproducía aquello que veían mis ojos. La joven rubia caminaba golpeando secamente el suelo de piedra de mi interior y yo perseguía sus pasos pisando el lugar exacto en el que ella acababa de dejar la huella invisible de su pie. Se dio la vuelta y me miró, flotaba frente a mí, fumaba en mi pecho y la brasa del cigarrillo se confundía con los cientos de luces ínfimas que llegaban desde el otro lado de la ciudad, el humo de sus labios mezclado con la bruma de la noche.

Por primera vez vi de cerca aquella boca que entonces se esforzaba por convertir su miedo en una sonrisa despectiva, el temblor de sus ojos. Sabía que al intentar tocarla mi mano atravesaría su cuerpo como si fuese el haz luminoso de un foco, un sueño. Te manda Medina, preguntó con una voz que no era la suya, apenas sin entonación. Ni siquiera miró mi mano, que se posaba en su hombro desnudo e introducía los dedos bajo el tirante de la camiseta. Dio un paso atrás y al apartar mi mano rocé con mis yemas las suyas, sus uñas, el borde de una pequeña cicatriz, una cordillera diminuta de carne que se le perdía bajo la uña, un río desembocando en una dársena rosa. Ella dio un nuevo paso hacia atrás y sumergiendo su rostro en la penumbra de los soportales volvió a preguntar, Quién eres, quién te manda. Quién eres tú, dije yo. Amparo. Amparo, repitió la sombra, la voz profunda. Sentí la misma repugnancia que antes, cuando imaginé que había pisado una víscera y que bajo mi pie ésta destilaba sangre o agua. Quise irme de allí, pero en el momento en que pensaba retroceder me descubrí a mí mismo acercándome aún más a aquella mujer, notando ya su aliento, la tibieza de su cuerpo y el temblor y las arenas movedizas que había bajo su piel. Al ver cómo me aproximaba, sus ojos se cerraron con una lentitud que a mí, tan cerca de ellos, me pareció armoniosa y dulce, después se entreabrieron para mirar mi mano –los dedos apartando el tirante de su camiseta– y volvieron a entornarse. Besé su cuello, el perfume de las calles allí mezclado con un sabor amargo, y bajé los labios hasta el hombro desnudo, fosforescente. Con la palma de la mano, casi sin rozarla, perfilé la curva de un pecho y, procurando contener el temblor de los dedos, los introduje bajo la camiseta. En las yemas percibía la blancura de aquella piel, y como un ciego que pudiera sentir colores y dibujos por medio del tacto, veía el trazo pálido de las venas, los ínfimos lunares que sin apenas ser tocados pasaban bajo las estrías de mis dedos. Me apreté contra ella, comido por el vértigo, con la certeza de que el sueño concluiría en cualquier instante y de pronto, al abrir los ojos me encontraría lejos de aquella mujer que, mientras yo desabrochaba su cinturón y la abotonadura de sus pantalones, arrastraba la espalda por la pared mojada y se abrazaba a mí. Puso los pies en mis rodillas y sin apenas esfuerzo, como un reptil o una imagen sagrada que ascendiera al cielo, se alzó sobre mí para sentarse en un saliente de piedra y trenzar los tobillos alrededor de mis caderas. Perdido en su cuello, imaginé su sexo rozando la humedad de la piedra y arremetí con más angustia contra aquella mujer desconocida. Éramos náufragos luchando entre sí por sobrevivir a no se sabe qué marea. En mi espalda sentía sus dedos deslizándose sobre la camisa, oía su aliento, palabras que se cruzaban con quejidos, en el pelo y también pegados al sudor de su hombro había restos de cal, y el olor, y ella insistiendo en su movimiento acompasado, émbolos y máquinas funcionando en la soledad de la madrugada, los pies escurriéndose por mis piernas mientras yo intentaba ver sus ojos, amarillentos, aquella boca que se enredaba en su pelo y que de pronto pareció ahogarse con un quejido leve, un estertor dulce que me dejó inmóvil, mirando aquella sombra desconocida que respiraba frente a mí.

Como entonces, como en todo este tiempo de vagar de un lugar a otro, puedo imaginarla el día que llegó a La Estrella subiendo las escaleras hundidas que después yo vi y hablando con el Ramó, delante de la Queca mientras ésta se desangraba o caminando a la caída de la tarde hasta el edificio abandonado de las afueras del puerto, al lado de las playas sucias y abandonadas con las que siempre soñé. Veo aquel viejo almacén en el que años atrás Amparo se había refugiado con un adolescente en tardes lluviosas, y la adivino cruzando aquella nave con olor a salitre y orina, subiendo la endeble escalera de caracol. El piso de arriba aparece ante sus ojos y los míos desde la perspectiva del suelo: anaqueles metálicos, un escritorio y unos archivadores atravesados en medio de la habitación como si estuvieran en el interior de un barco y un golpe de mar los hubiese situado en aquella caprichosa posición. Todo está cubierto por una capa que no es polvo ni suciedad, sino tiempo acumulado, una costra de moho y años. Avanzando sobre la madera carcomida del suelo, Amparo se acerca a la única ventana que queda sin tapiar y a través de los cristales enturbiados de sal y vaho mira los buques a medio desguazar y las torres de hormigón que hunden sus cimientos en el agua. Los muelles y las esclusas parecen adentrarse en la ciudad y convertir sus calles en canales. Se da la vuelta, camina por el suelo resquebrajado y en uno de los ficheros esconde los engarces rotos, las limaduras de oro y los trozos de cadena que el Lupa le ha entregado a cambio de dejarlo mirar, escondido tras la luz del flexo, su cuerpo.

También puedo verla apoyada en el balcón de mi casa, desnuda en mi cama o en lugares donde nunca estuvo, en habitaciones de hoteles o en calles de ciudades perdidas por las que yo he caminado en los últimos meses. Pero entonces, los primeros días de conocerla, apenas dejaba de tenerla a mi lado me era imposible fijar su rostro en mi memoria por más que el recuerdo de sus ojos, la cicatriz zigzagueante que recorría su dedo corazón, el dibujo limpio de sus labios y aquella forma de moverse, lenta y pausada, evocasen el resto de su persona con una fuerza que yo hasta entonces nunca había conocido. Su voz, áspera y turbia, empezó a formar en mi interior un limo fértil que se removía cuando los días siguientes a aquella noche de tormenta me asomaba al ventanal de mi casa y en medio del aire inflamado de la tarde la veía aparecer en la plaza del fondo, como si a través de un pasadizo secreto surgiera del pedestal de la estatua que allí se alzaba, entre autobuses, quioscos y revuelo de palomas.

Pero aquellos campos recién sembrados, aquellos tallos de hierba dócil que crecían en mí al calor de su voz, del cuerpo de Amparo, quedaron de pronto abandonados, baldíos y mustios cuando después de unas semanas de visitas continuas a mi casa Amparo desapareció como si nunca hubiera existido. El primer día de su ausencia me quedé esperándola en el balcón hasta la madrugada, hasta que la gente desapareció de las calles y sólo de tarde en tarde los faros de los coches alumbraban fugaces la fachada de enfrente, transmitiéndome un mensaje que yo no alcanzaba a entender. Sin posibilidad ni modo de encontrarla en ningún lugar ni teléfono, pasé las tardes siguientes mirando la franja de mar blancuzco que se divisaba desde mi balcón o andando por los alrededores del bar donde la había visto la primera noche.

Fue en uno de aquellos inútiles y largos paseos cuando en el escaparate polvoriento de una tienda que llevaba años cerrada, entre papeles enrollados y cristales rotos, al lado de una estampa en la que un hombre invisible perseguía a una mujer enmascarada, vi una lámina comida por el sol y en la cual, sobre un fondo de flores rojas, aparecía el retrato de una mujer desnuda, con ojos grandes y apagados. Observé la piel ajada y pobre de la modelo, gastada a pesar de su juventud, y paseé detenidamente la vista por los dedos delgados con los que se cubría el pubis, intentando distinguir entre las sombras y la rugosidad de aquella vieja pintura el trazo delgado y sinuoso de una cicatriz. El vientre era idéntico al de un cadáver, y el color de la piel era el que cobran los muertos cuando la sangre ha dejado de circular y permanece estancada y fría en la oscuridad de las venas. Sin saber muy bien si era a Amparo o a la modelo del retrato a quien tenía en mi mente, me pregunté dónde estaban las noches perdidas, los arrabales solitarios o los amaneceres helados que habían empalidecido, enfermado aquella piel joven, dónde, en qué lugares desolados y con qué gente se había marchitado tan deprisa, tan implacablemente, deseando devorar el tiempo para llegar a ninguna parte. Al repetirme esa pregunta, unas sombras atravesaban veloces por mi cabeza y se perdían en el vacío, los nombres oídos a Amparo se mezclaban con ecos de otros nombres, Medina, Romano, el Lupa, y les suponía caras imaginarias, rostros aparecidos en sueños o apenas entrevistos en cualquier película.

No sé cuántos días pasaron hasta que un atardecer, cuando ya pensaba que nunca volvería a verla, apareció en mi casa. De nuevo me resultó desconocida la cara de esa mujer joven que permaneció con la mirada baja y parte de la melena cubriéndole los ojos cuando abrí la puerta y la encontré allí, sin decidirse a entrar, mirando de reojo la escalera por la que acababa de subir y el interior de la casa hasta que, con un gesto que estaba entre la timidez y el desafío, muy despacio, dio un paso adelante. Fue a apoyarse en una de las hojas del ventanal y se quedó unos instantes mirando la calle, recortada su silueta contra el cielo descolorido y los balcones, ya amenazados de penumbra, de la casa de enfrente. Mi angustia de días anteriores se diluía en una mezcla de sensaciones dominadas por el rencor. Y aunque habría querido decirle que se fuese y no regresara nunca, sólo alcancé a murmurar que llegaba en mal momento, que estaba a punto de marcharme. Siguió apoyada en la ventana, y sólo después de un silencio prolongado se retiró de allí y avanzó hacia la puerta. Apenas dio dos o tres pasos antes de detenerse. Se le contrajo la cara y los hombros se le estremecieron en un llanto convulso y silencioso. Dudando, después de dar un paso atrás, me acerqué y la llevé hasta el sofá. Abrazándola contra su voluntad, sentí el olor de las calles del puerto, ese polen amargo que había olvidado en aquellos días y que era el olor de los portales sombríos que en un futuro cercano yo habría de aspirar en bocanadas sedientas la noche que corrí por las calles de La Bóveda huyendo de Medina. Aroma de flores marchitas, sangre y cal húmeda del que me iba impregnando a medida que pasaban los minutos y Amparo, sometida a aquel abrazo que yo iba haciendo más suave, dejaba de llorar. No sé cuánto tiempo estuvimos así, sin hablar, sintiendo yo el calor de su boca en mi pecho como una herida abierta a la que todavía acude el bombeo de la sangre.

Sólo cuando la noche acabó de ganar la habitación y los ruidos de la calle quedaron amortiguados por la oscuridad, se apartó de mí Amparo y se dejó caer hacia el otro lado del sofá para alcanzar su bolsa. Sacó un paquete de cigarrillos y encendió uno. La luz del encendedor iluminó la cara de una virgen en medio de una capilla desolada. La imagen fue fugaz, pero aún hoy se alumbra en mi memoria arrasada, los labios henchidos por la fiebre del llanto, la palidez de los dedos, y las mejillas con un arrebol anaranjado que le subía hasta el brillo de los ojos. Al apagarse la llama tardé unos segundos en ver de nuevo con nitidez su silueta. El cigarrillo, detenido un instante al lado de sus piernas, trazó un delicado arco hasta sus labios y de nuevo cruzó en una línea roja el aire para detenerse al lado de su hombro, rozando la melena sin color en la noche.

Y entonces, cuando ya parecía que el silencio nunca sería roto y esperaríamos el amanecer sin pronunciar una sola palabra, se oyó su voz, y pareció que la penumbra se tiñese de una negrura más intensa, contagiadas las sombras por aquel eco que estaba hecho de la misma materia que la oscuridad. Sus labios ni siquiera se movían, la voz era el humo de su cigarrillo, espesa, caliente, una nube de neblina en la que se confundían sus palabras, titubeando al decir que no tenía pasado, que no era nadie y sus recuerdos sólo la llevaban al vacío. Ni la cara de su madre, con los ojos aguados por un llanto enfermizo que se sucedía noche a noche, una casa en la que su padre amontonaba chatarra y cachivaches que nunca llegaba a vender, ni siquiera los recuerdos que desembocaban en unos días atrás conservaban el más mínimo rastro de calor. Todo estaba muerto, su memoria sólo guardaba una imagen capaz de despertar en ella un leve aleteo, un aliento de dulzura o melancolía, un almacén abandonado en las afueras del puerto y el rostro de un joven con el que algunos atardeceres, en los sillones medio destripados del barracón, desnuda, había pasado las horas mirando la bruma de la ciudad y el paso lento y conmovedor de los buques.

Durante unos instantes dejó de hablar, y después mencionó unos nombres, Marta, La Bóveda, Medina, el Ramó, y añadió algo, un murmullo que no pude entender. Se aclaró la voz y volvió a repetir uno de esos nombres, Marta, y entonces habló de alguien llamado Simón el Lupa, un viejo con un ojo blanco, sin pupila, con el que había trabajado. Llevaba paquetes desde la joyería de Marta, situada en los alrededores de La Bóveda, hasta el piso que el Lupa tenía en un edificio apuntalado y a medio derruir. Allí, en una habitación de techos altos y con montañas de cajas y papeles apilados en las sombras, Amparo seguía a la luz de un flexo el manejo de las pequeñas balanzas y la tasación minuciosa que el viejo llevaba a cabo con aquellas medallas y relojes que, una vez transformados, ella misma se encargaba de llevar a una joyería del centro. Y siempre, al final de cada sesión, desde aquel día en que le tembló la voz al pedírselo y el ojo sano se le empañó de un vaho húmedo, llegaban los ruegos y regateos del Lupa, que, en una suma lenta y codiciosa, amontonaba en una esquina de la mesa los restos sobrantes del trabajo, engarces, eslabones sueltos, limaduras de oro que acababan por convencer a Amparo para dar unos pasos atrás y hundirse en la sombra de la habitación, seguida por la luz oscilante del flexo. Mientras se alzaba la falda, deslumbrada por el foco y sin ver otra cosa que la silueta del Lupa, sentía cómo al calor de la luz el ojo único del

29

viejo subía por sus muslos y estudiaba detenidamente la blancura de su piel, la vellosidad rubia que se perdía bajo el falso satén de la ropa interior.

Siempre mantuvo Amparo en secreto aquellos regalos del Lupa. Ni siquiera cuando abandonó la casa de sus padres y se fue a vivir con la dueña de la joyería y compartieron supuestas confidencias le confesó aquel intercambio secreto que mantenía con el viejo. Se limitaba a informarla de las cuentas y datos que para ella le daba el Lupa y a acumular su pequeño tesoro en uno de los archivadores del almacén del puerto.

Todo era rescatado del silencio y del pasado por la voz de Amparo. Ejes, nervios, ruedas dentadas girando, la luz del proyector en la oscuridad, un humo blanco cruzando la sala sobre las cabezas del público hasta estrellarse en la pantalla y dar movimiento y voz a los labios de los actores. A Medina lo conoció en un local subterráneo de los alrededores de La Bóveda. Olía a colonia de mujer y su cara tenía trazos de navaja, con arrugas finas como cortes y la piel pegada a la calavera. En el frío de la mirada llevaba una especie de estercolero, aguas estancadas con peces muertos descomponiéndose en el fondo de sus retinas. Lo acompañaba el Romano, el individuo canoso y amanerado que meses después, cuando Amparo había huido de La Bóveda, murió desnucado en los retretes del Zurich.

Esa noche Amparo se mantuvo distante, espantada más por el rencor que por la repugnancia de aquellos ojos y la descomposición de sus pupilas. Se recordaba a sí misma esa madrugada lejana, bebiendo sin tregua, volcada sobre el Romano hasta que Medina, con su olor a perfume barato y la ciénaga de sus ojos, se despidió de ellos. Luces, horas que se llevaba el vértigo de la noche, la voz de Marta en su oído mientras ella veía su propia cara reflejada en el espejo de unos lavabos, demasiado pálida, borrosa de alcohol. Estremecida por el frío de la madrugada, se encontró, me dijo, caminando hacia el coche de su amiga. Marta conducía a muy poca velocidad, sin cambiar de marcha mientras el Romano se bamboleaba en el asiento trasero sin saberse si tosía o intentaba reír. Avanzó por el pasillo de la casa de su amiga. En el salón se oían las voces de Marta y del Romano, el ruido de las botellas, conatos de risas y el estallido de un vaso al chocar contra el suelo. Amparo se dejó caer en su cama, en la superficie de un estanque en el que apenas se hundía, estremecida por unas ondas cálidas y desiguales. Jadeaban las calles, murmuraban los muebles palabras perdidas.

Se despertó no sabía cuánto tiempo después. Sobresaltada por la amenaza del silencio, el silencio contenido y absoluto que precede a los terremotos, a cualquier desastre. Apagó la luz deseando sumergirse en la oscuridad, pero los muebles dibujaron al instante su contorno en medio de la penumbra, medianamente iluminados por el soplo de luz que el amanecer filtraba por la ventana. Salió al pasillo con los ojos entornados, con el temblor del frío. La luz de la habitación de Marta estaba encendida y dejaba en el suelo del corredor una mancha de geometrías líquidas, amarillenta. Oyó un chasquido, un sonido metálico, y un lamento. Alguien parecía murmurar amenazas. Avanzó Amparo y se asomó a la habitación. Una espalda carnosa y blanda –el Romano– intentaba reptar sobre la cama de su amiga, las piernas se le desmadejaban en un esfuerzo inútil, resbalaban entre las sábanas. Con las manos se aferraba al cabecero de la cama, hundía la cabeza entre los hombros, llevaba el cuello de un lado a otro, sin fuerzas, con las vértebras reblandecidas. Una mano con las uñas lacadas de rojo asomó por su hombro y le atrapó la nuca, un muslo de piel oscura le rodeó el estertor de los riñones, el talón le espoleó con fuerza la gelatina de los glúteos mientras el Romano se descolgaba, soltaba el cabecero y manoteaba enterrando los brazos entre las almohadas, entre la melena revuelta de Marta. Amparo se quedó observando el temblor de la cama, el brillo de la colcha arrastrando por el suelo, mecida por una marea dulce que nada tenía que ver con la agonía del Romano. Y lentamente volvió a mirar la espalda del hombre, su nuca. Y allí se encontró con las pupilas de Marta, que la miraban sin pestañear, con un gesto de absoluta indiferencia. Se retiró de la puerta con la vista fija en aquellos ojos impasibles, tan serenos que Amparo dudó si realmente la veían o estaban perdidos en el vacío.

Era casi mediodía cuando despertó. Después de unos momentos de confusión y de intentar volver a conciliar el sueño, se levantó. Al pasar por la puerta de Marta vio que su amiga estaba sola, durmiendo. Camino de la cocina encontró sobre un mueble un papel doblado del que sobresalían unos billetes. En el papel estaba escrito el nombre de Marta con letras mayúsculas. Abrió uno de los dobleces, apartó el dinero y de nuevo vio los trazos rápidos de aquella caligrafía segura y ágil, «Maravillosas. Un millón de gracias», subrayados por una línea seca y firme que a Amparo, más que al Romano, le trajo al paladar de la memoria el rostro delgado y anguloso de Medina.

Al levantar la vista de la nota vio a Marta a unos pasos de ella, apoyada en el quicio que daba entrada al corredor, observándola con la misma indiferencia con que la había mirado desde la cama hacía unas horas. Amparo sostuvo la mirada de su amiga mientras ésta se le acercaba y cogía de entre sus dedos el papel y los billetes. La joyera, al mirarlos, esbozó una sonrisa triste y le tendió a Amparo una parte del dinero. Al ver su amago de rechazo, Marta dijo con un gesto de cansancio, Es para las dos, ha dejado más que otras veces, ya ves, pone maravillosas, no maravillosa, el cabrón ni se acuerda de lo que hizo. Después de mirar los billetes en la mano de

Amparo, se dio la vuelta de regreso a su habitación. Desde la entrada del pasillo, arrugando los labios con restos de carmín y fingiendo un gesto de súplica, le dijo a Amparo si era tan buena de prepararle un poco de café.

Mentiras, olvidos, verdades y silencios yéndose como el humo de sus cigarrillos por la boca de Amparo. Me habló de las semanas, de los meses que siguieron a esa noche, de la llegada a La Bóveda, los días encerrada en La Estrella y el acoso de Medina al salir de la cárcel. Y después quedó callada, exhausta por la rememoración de aquella historia confusa y en parte probablemente falsa que había acabado por conducirla hasta mí una calurosa noche de tormenta. En medio del silencio, las imágenes que sus palabras acababan de despertar se asentaban con lentitud en mi cerebro, cayendo en él como un rocío gris y helado, calando tan profundamente en mi memoria que el paso del tiempo no ha podido debilitarlas y alientan con mayor fuerza que los propios sucesos vividos por mí días después, de modo que las personas de las que Amparo me habló, el Ramó, la Queca, Medina y Marta, hoy persisten en mí no con el rostro verdadero que tenían y que después yo vi, sino con el que esa noche, extraídos de la voz de Amparo, imaginé.

El barrio del puerto, La Bóveda, el serpenteo de las calles, Medina, su mirada de animal muerto, la fachada del viejo almacén comida por el salitre, hélices y trozos de buques que yo había de ver iluminados por focos y sirenas azules, todo atravesado como cuentas de un collar por el hilo áspero y a la vez endeble de aquella voz. Al día siguiente, encerrado en la penumbra de la cabina de proyecciones, sentía renacer la voz de Amparo. Volvía a oír el compás de su respiración a mi lado, y el eco de sus pasos saliendo de mi casa cuando ya el amanecer dibujaba sombras de color rosa en la ventana. Volví a ver a Amparo desde mi balcón, alejándose calle abajo en dirección a las sombras solitarias de la plaza donde se alzaba aquella estatua que surgía de la oscuridad imponiendo su contorno rotundo y negro. Y con cada recuerdo recordaba, como ahora recuerdo, los ojos grandes y dorados de Amparo, tibios como un atardecer de verano con árboles y trigo seco y pájaros cantando.

La mirada y la voz de Amparo acompañaban las imágenes que yo proyectaba, sus palabras, más que de mi memoria, brotaban de la misma cinta de la que nacían las voces y los sonidos de la película. El Romano, el Lupa, La Estrella. Algo cambió entre Marta y Amparo a partir de la noche en que el Romano fue a su casa. En la joyería vinieron comprobaciones absurdas de material y dinero, llamadas telefónicas de Marta al Lupa y repentinos cambios en los envíos. Pero fue al cabo de unas semanas, al regresar una noche a la casa, cuando Amparo supo que la situación había llegado a su final. La voz de Marta la llamó desde el cuarto de baño. Todo estaba envuelto en vapor y había un olor demasiado fuerte a colonia. Marta estaba en la bañera, sumergida hasta los hombros en un agua jabonosa, y a su lado, entre botes de champú y cremas, tenía una botella de whisky y un vaso con restos de hielo.

Mientras asomaba un brazo de la bañera para hacer un pequeño montón con los vidrios rotos de un bote de colonia, Marta le preguntó dónde había estado sin esperar ninguna respuesta, murmurando, Mierda puta de cristales, y sacudiendo los dedos como si se hubiese cortado. Sólo entonces, tendiéndole a Amparo una esponja húmeda y señalándose con ella la espalda, miró Marta a su amiga.Tenía los párpados más caídos de lo habitual, como si un peso mayor que el sueño se empeñara en cerrarlos y le desfigurase también los labios, dibujados de carmín oscuro con el pulso tembloroso de la borrachera. Salvando la repulsión que le provocó el contacto con aquellas aguas, Amparo empezó a frotarle la espalda, carnosa y lisa, deseando que su amiga no volviera a hablar ni la mirase de nuevo.

Pero, tras unos instantes de silencio, Marta mencionó al Romano y, doblando la cabeza para ver a Amparo, dijo, Te vi, vi cómo nos mirabas, y los labios se hincharon como una fresa pasada y blanda. Marta se quedó mirándola con los ojos entornados, casi dormida, y sólo se oyó el rumor del agua ondulándose contra las paredes de la bañera y el gotear de la esponja, hasta que Marta, con un movimiento lento, manteniendo la mueca deforme de su sonrisa, sacó de entre los botes de champú unos eslabones de oro –dos trozos de cadena que el Lupa había regalado a Amparo esa mañana a cambio de contemplar, anhelante en la tiniebla, su cuerpo–, dos cadenas partidas y más largas de lo habitual que Amparo había olvidado sobre su mesilla de noche y que Marta mostraba ahora extendiendo el brazo mientras preguntaba en un torrente de palabras trabucadas desde cuándo le estaba robando, qué quería de ella y qué buscaba en su casa. Y se quedó doblada sobre la bañera, con la sonrisa podrida y el brazo alzado, tembloroso y con las dos cadenas balanceándose como un péndulo escuálido. Sin apartar la vista de aquellos ojos pesados y enrojecidos, Amparo le cogió el puño y en un pulso lento le dobló la muñeca contra el borde de la bañera hasta que Marta, con un gemido, iniciando un llanto ebrio y ahogado, abrió los dedos para que Amparo cogiese las cadenas.

A la mañana siguiente, mientras Amparo recogía sus cosas, Marta abrió la puerta de la habitación y se detuvo en el umbral, mirando la bolsa de viaje abierta sobre la cama. Le dijo que si no pensaba volver a casa de su familia ella conocía una pensión de confianza cerca de su tienda, el encargado, el Ramó, era un antiguo amigo. Sacó del bolso un bolígrafo y anotó la dirección en un sobre. Amparo se quedó mirando aquella mano de dedos cortos y uñas pintadas de rojo brillante y fresco que recordaban gotas de sangre a medio coagular y que al acabar de escribir cogieron el papel y lo pusieron encima de la cama. El dinero del mes, comentó Marta señalando el contenido del sobre, y después, forzando una sonrisa, salió del cuarto.

En esta ciudad perdida en el frío sigue fluyendo su voz. A veces, el rostro de Amparo se deshace en el cúmulo de fotogramas que fueron tomados por mi retina durante aquellas semanas, millones de imágenes de las que la memoria extrae algunas, quizá falsas, que se queman como una película bloqueada ante el ojo del proyector cada vez que intento detenerlas en mi mente. Pero hay instantes en los que sin pretenderlo veo su cara con total nitidez, más real que los objetos que me rodean, y entonces puedo rozar con mis yemas la superficie pálida, de cera, de sus mejillas, y bajando la mirada veo el orificio del disparo en la base de su cuello, un desgarro con los bordes quemados por la espiral de la bala, la piel salpicada de un polvo negro y fino, y sus labios largos y suaves moviéndose, sin poder hablar.

El día estaba nublado, soplaba una brisa helada y caían unas gotas tan finas que la lluvia flotaba en el aire, mecida por el soplo ligero del viento. La agitación de las calles, los rostros desconocidos de la gente, todo la reconfortaba, todo aquel bullicio se convertía en la promesa de un viaje largamente esperado, en un sentimiento de plenitud, como si Amparo floreciera en medio de aquella mañana gris y fría. Y así cruzó entre la gente, quizá segura de que en poco tiempo también ella tendría un lugar al que dirigir sus pasos, y de que también caminaría sin mirar la cara de nadie. Pero al llegar cerca de la joyería de Marta los rostros con los que su mirada se cruzó fueron más sombríos y el día, bajo la opacidad de las nubes, se ennegreció aún más. Entonces, cuando sacó del bolsillo la nota de Marta, supo que lo único que tenía en la vida, lo único que le había arrebatado al mundo a través de los años era aquel sobre arrugado, aquellas palabras que bajo el nombre de una calle indicaban: «Ramó. Pensión La Estrella».

La calle señalada estaba en el barrio del puerto, en aquel laberinto en el que se entreveraban casas viejas y derribos con tabernas y tiendas con los escaparates vacíos. Al dejar atrás un callejón estrecho en el que se amontonaban cartones mojados, descubrió una placa con letras de molde, «La Estrella». Se adentró en la penumbra del portal y, a tientas en los primeros tramos, subió hasta el tercer piso por una escalera ancha y con los escalones hundidos. La puerta con el rótulo de la pensión, negra y grande, estaba abierta y daba entrada a un pasillo en el que Amparo se encontró con una figura menuda y ágil, un niño o adolescente que caminaba hacia ella produciendo un chasquido a cada paso. Al verlo de cerca pudo apreciar en la cara del supuesto niño unas arrugas muy finas que le otorgaban una edad imprecisa a aquel hombre de aire frágil y desconfiado. Le preguntó por el Ramó, y como el otro asintió con un gesto indicando que era él, Amparo mencionó a Marta. Sin que la expresión recelosa del individuo variase, éste le cogió la bolsa y, dándose la vuelta, reanudó el gimoteo de sus pasos. La condujo por un corredor largo y quebrado en el que, a la luz moribunda de unas lámparas que imitaban la forma de un quinqué, Amparo pudo comprobar que el ruido que hacía al andar estaba ocasionado por unas estrafalarias botas de agua, demasiado grandes y adornadas con cuadritos azules y rojos.

Llegaron a una sala un poco mejor iluminada en la que había un mostrador pequeño y a su lado un casillero con números pintados a mano que el hombre estuvo observando un momento antes de decidirse a coger una llave. Siempre detrás del Ramó, Amparo atravesó una puerta de cristales esmerilados que había al lado del mostrador y avanzó por un nuevo pasillo, más oscuro y en el que se adivinaban puertas a izquierda y derecha. Se detuvieron ante una de ellas, el Ramó trasteó en la cerradura y empujó con el pie la puerta. Soltó la bolsa en el umbral de la habitación y con un gesto que en la oscuridad pudo parecer hostil o también tímido, el Ramó se despidió antes de volver a poner en marcha el eco de sus botas.

Una bombilla desnuda iluminó las paredes encaladas de verde, un armario con aires de ataúd y una cama que se adivinaba demasiado blanda. Una Virgen ruborizada le sonreía a Amparo con aire de burla desde el cabecero. Retirando la colcha acartonada, se tumbó boca arriba en la cama. Recordó a Marta, el verde borroso de sus pupilas, la mirada de la noche anterior, sus ojos fijos en Amparo mientras el Romano reptaba sobre ella. Amparo se vio regresando a casa de la joyera, subiendo en el ascensor, atravesando el pasillo, pero al abrir la puerta de su habitación, ésta se había convertido en el almacén abandonado del puerto. Allí estaban los anaqueles oxidados, el suelo de madera gastada, y cuando se asomó a la única ventana que había sin tapiar vio un campo cubierto por un mar de trigo muy verde que se mecía en débiles olas, dividido por una carretera mojada y azul en medio de la cual estaba el Ramó, con las botas de agua, balanceando en una mano una escopeta mientras se alejaba muy deprisa, llevado por una velocidad irreal, haciéndose un punto diminuto en aquella llanura en la que se oía el rumor de la lluvia y el estremecimiento de las espigas ondulando el trigal, un murmullo que encerraba voces lejanas, ecos y risas, un aliento que susurraba su nombre. Amparo se despertó sobresaltada. Miró la puerta con la sensación de que alguien estaba a punto de entrar. Miró el reloj, no llevaba más de diez minutos en aquel lugar.

Pasó la tarde en la habitación. Se asomaba al pequeño balcón y veía los tejados enmohecidos, difuminados a lo lejos por la engañosa bruma que la lluvia levantaba del atardecer. En la calle había gente que deambulaba con el aire cansino de quien no va a ninguna parte, hombres que desaparecían del campo visual de Amparo y volvían a entrar en él, discutiendo con alguien, tipos que paseaban con las manos en los bolsillos o contaban dinero apoyados en una esquina. Al caer la noche, la calle empezó a cobrar una nueva dimensión a medida que se encendían letreros luminosos y las fachadas y las esquinas, en un juego parpadeante de luces y sombras, tomaban una perspectiva distorsionada y confusa. Las persianas metálicas de los locales se alzaban con estrépito y descubrían colores llamativos que hasta entonces habían permanecido camuflados bajo el latón gris. Aparecían mujeres que paseaban por las aceras, a la orilla de unos charcos que absorbían los reflejos de los letreros de neón.

Veo su figura apoyada en la baranda de hierro, recortada contra la luz pobre de la habitación. La veo como si yo fuese un transeúnte de los que en aquel momento pasaban bajo el balcón de la pensión La Estrella, sin poder distinguir su rostro distante y en contraluz. Alzo la vista, me detengo un momento y espero que el resplandor turbio y venenoso de un foco alumbre aquella cara oculta en las sombras. Al igual que esa visión, pertenece a la imaginación y no a la memoria la figura de Amparo que en mi mente aparece caminando bajo la lluvia. A veces la veo con gabardina de color claro y otras con una cazadora negra de cuero, con hebillas y correas. La lluvia siempre es fina en mi cabeza, y bajo ella, bajo la lluvia, Amparo se adentra en el barrio del puerto con el pelo brillante por el agua y una bolsa de viaje que cuelga de su hombro y le golpea la pierna al andar. La veo desde arriba, como si ahora fuese yo el que la mirase desde un balcón o más alto aún, porque puedo ver el barrio entero, los tejados húmedos, la figura de Amparo perdiéndose entre la gente, la calle confundiéndose con otras que serpean a su alrededor, hundidas a la sombra de la ciudad, al lado de los buques anclados en un mar de plomo pálido y sin brillo.

Frente a este otro puerto inmenso en el que parece que sólo cargan cadáveres en medio de la noche, sonrío al recordar los días, las horas que pasé contemplando aquel cuerpo desnudo como quien observa un desierto, y siento el mismo deseo, y también la misma repulsión, que sentí al verla por primera vez en aquel bar estrecho y remoto. Sus ojos abiertos, fijos en el techo de mi habitación como si en aquella superficie lisa y clara se encontrase el secreto que había buscado durante meses, durante años, desde que en su adolescencia miraba las brumas de la ciudad desde un almacén destartalado, alumbrada por el foco del Lupa o en los meses transcurridos en La

Bóveda, vigilada por la Queca. Sus pupilas se hacían líquidas y flotaban en lo blanco de sus ojos, mecidas de tarde en tarde por la ola de un parpadeo, sin que yo adivinase ni tuviera la más mínima sospecha de que muy pronto todo iba a precipitarse, que estaba viviendo los días que resumirían y darían sentido a mi vida y que, una vez concluidos, devorados sin conciencia, sólo quedaría para mí un tiempo vacío, un cúmulo de meses y de años que tendrían sobre sí la marca indeleble de esa época breve y turbulenta.

Quizá Amparo permaneció despierta la primera noche en la pensión, sopesando los cambios de luz de la madrugada o estudiando el recorrido sinuoso de las grietas y las sombras por las paredes de la habitación. Quizá permaneció atrapada en ese ensimismamiento hasta el día siguiente, cuando poco después del mediodía salió del cuarto y al final del pasillo para preguntarle al Ramó dónde podía comer cerca de la pensión. El Ramó, acariciando con mucho cuidado la escuálida mejilla pespunteada de una barba rubia, contestó apenas con un susurro que él iría a comer dentro de unos minutos, dos o tres calles más abajo.

La compañía del Ramó, mirada huidiza y casi enano, le pareció a Amparo un privilegio, y a partir de aquél, cada día, poco antes de la hora convenida, ella salía de su habitación y pasaba unos minutos sentada en un butacón medio desfondado desde el que seguía los movimientos, idénticamente repetidos del Ramó revisando los casilleros de las llaves, la mirada al reloj, la mano alisándose el flequillo, una nueva mirada al casillero y la señal a Amparo antes de poner en marcha el lamento de sus botas de agua. Poco a poco el Ramó fue saliendo de su mutismo y de los monosílabos para hilvanar frases y hacer comentarios sobre gente con la que se cruzaban en las calles. Conocía el pasado de cada habitante de La Bóveda. Recordaba en voz baja viejas historias del barrio, gente que sólo parecía haber existido en la fiebre de sus ensoñaciones pero de las que podía proporcionar cualquier dato mínimo, Anglada, un cantante de zarzuela que acabó robando bancos, un conductor de tranvías llamado Martí cuya ambición máxima era ver arder la ciudad entera, incluida su casa y su familia, quizá también el frenopático en el que acabó sus días, Raimundo y Esperancita, una pareja de enanos que vivía de la prostitución de ella y que una noche, abrazados, sus cuerpos desnudos en la inmensa cama que compartían, abrieron la espita del gas y se dejaron morir.

La voz de Amparo llenaba la cabina y rozaba los carteles antiguos, la fotografía de Romy vestida de negro y apoyada en una esquina, las paredes, los platos. Igual que la luz acaricia todo lo que encuentra a su paso y se filtra por las grietas más pequeñas, así la vibración de la voz se introducía hasta el último rincón de aquel viejo cine. Sólo el interior de mi cuerpo y mis vísceras estaban bañadas de oscuridad, la penumbra de mi garganta, la tiniebla roja y sonora de los bronquios, el pantano sin luz de los intestinos y la negrura de la sangre en la red de las venas. La voz de Amparo también estaba hecha de oscuridades. Una voz, un aliento que hablaba y se confundía con la noche y que contaba cómo un día, cuando el Ramó y ella ya entraban en el portal de la pensión, un coche plateado hizo sonar el claxon y se detuvo frente a La Estrella. Al volver la cabeza, Amparo vio abrirse la puerta del conductor y asomar al otro lado del automóvil una cara angulosa que le resultó familiar pero que no acabó de reconocer hasta que, dirigiéndose hacia ella, pronunció su nombre, Amparo, y pudo ver de cerca la ceniza mojada, las aguas estancadas que había en aquellos ojos. Era Medina, Ángel, el amigo de Marta y el Romano. Sonrisa de navaja y dientes oscuros, el perfume de mujer llegando a Amparo antes que él se detuviese a un paso, Tú por aquí. Su mirada se hizo más oscura al ver al Ramó, que observaba la escena desde el interior del portal. Amparo, repitió Medina con la sonrisa entristecida, negando despacio con la cabeza y volviendo a mirar de nuevo la entrada de la pensión, ya no al Ramó sino la oscuridad que se abría tras él.

En La Estrella, con el Tullido, murmuró Medina volviendo a abrir la mueca de su sonrisa. Anda, te invito a un café, dijo señalando el coche con la sien. Amparo miró al Ramó, pero sin darle tiempo a una palabra, Medina volvió a hablar, A él le da igual, no se va a molestar el Tullido. Por el espejo que había en su puerta vio Amparo al Ramó, que desde la entrada de La Estrella miraba alejarse el coche con los ojos perdidos, como desde su mostrador observaba incansablemente la soledad y la penumbra de los pasillos.

Medina conducía en silencio, sin apartar la vista del frente y con los labios entreabiertos, tal vez tarareando sin voz la música de la radio. Salieron de la ciudad por la carretera de la costa, y a los pocos kilómetros se detuvieron ante la fachada de un restaurante que se alzaba al borde de un acantilado. El local, inmenso, estaba completamente vacío, sólo un par de camareros murmuraba al fondo. Mientras se sentaban al lado de las vidrieras Ángel le preguntó si continuaba viviendo con Marta, si seguía trabajando para ella. Y nada más enunciar sus preguntas empezó a asentir de antemano, mirando la masa verde y dura del mar, como si ya conociera las respuestas de Amparo o éstas no le importasen nada. Al fondo se veía la silueta imprecisa y gris de la ciudad, los buques anclados en el puerto, un paisaje que llenaba a Amparo de calma, no importaba la desconfianza que le infundía Medina, la frialdad de sus ojos ni su mano huesuda rozando sobre la mesa la suya. Después de casi una hora de conversación y de miradas silenciosas de Medina, una lluvia suave empezó a caer sobre los cristales y, como si el agua fuese una señal esperada, Ángel miró su reloj y, fingiendo sorpresa, señaló con una sonrisa la salida.

Al bajar por la escalera que, adosada a uno de los laterales del edificio, colgaba sobre el mar, Medina se detuvo inesperadamente. Amparo se dio la vuelta y vio los ojos de él fijos en los suyos, en sus labios, recorriendo con lentitud su cara. En verdad parecía que sus pupilas fueran opacas y no tuviesen vida, que hubiera en ellas agua estancada. Se le acercó, la abrazó con mucha suavidad, casi sin rozarla, y la besó muy despacio. Al soltar su abrazo y despegar su cuerpo de ella ni siquiera la miró, agachó la cabeza y siguió bajando la escalera, tintineando las llaves.

Cuando llegaron a los alrededores del puerto, Medina le preguntó si no le importaba bajarse allí. Sorprendida por aquella brusquedad, Amparo bajó del coche en un semáforo, casi sin despedirse. Fue entonces cuando sintió ira por el desprecio, por la indiferencia con que Medina la había besado. Quería correr bajo la lluvia, huir a alguna parte, dejarlo todo atrás, y sin embargo se adentraba en el laberinto de calles que la volverían a llevar a La Estrella, caminando deprisa, hasta encontrarse con la mirada rencorosa del Ramó y dejarla atrás para encerrarse en su habitación. Y allí, tumbada sobre la cama, volvió a revivir una y otra vez la escena del beso al borde del acantilado, estudiando la cara de Medina en el instante posterior, su gesto, el movimiento suave de su cabeza al retirarse de su lado. Intentó rebobinar sus palabras de despedida en el coche, pero la memoria parpadeaba sin que ella consiguiese reproducir lo que había sucedido.

El mar con su superficie de plata con tintes de amarillo, el almacén abandonado, la mirada de Medina, Amparo caminando por calles solitarias y yo en la cabina recordando sus palabras, la voz deteniendo su eco, los títulos de crédito superponiéndose a las imágenes de mi memoria, las luces de la sala encendidas y la pantalla mostrando unas figuras lechosas. Miraba yo el proyector y los platos como algo desconocido y misterioso, como si los recuerdos de Amparo, la historia y las mentiras que la noche anterior me había contado estuvieran allí atrapados, formando parte de aquellos miles de fotogramas que ahora se rebobinaban en silencio, apenas con un estertor metálico.

Me detuve en la puerta del cine. Era media tarde, y la esperanza, vagamente mantenida, de que Amparo me estuviese esperando quedó deshecha al ver la acera y la esquina vacías, transformada la ilusión en resentimiento. Decidiendo el rumbo de mis pasos a medida que bajaba las escalinatas, empecé a andar. Entré en un bar solitario en el que un par de viejos tomaban café y dos o tres clientes más jóvenes miraban boquiabiertos un televisor que chisporroteaba encima de una repisa, casi pegado al techo. Bebí deprisa dos cervezas y me quedé apoyado en la barra, mirando a los viejos y a los demás clientes con la morosidad de quien se encuentra en una ciudad extraña esperando un barco que todavía tardará horas en zarpar, sin nada que hacer en el mundo más que observar a aquella gente que llevaba el aburrimiento tatuado en la piel. Tomé dos o tres copas de ginebra, con calma.

Cuando una hora después llegué al portal de mi casa, la tarde dejaba paso a las sombras y al silencio intenso que precede a la noche y que durante un segundo corta la respiración a las ciudades de un modo tan fugaz que sólo es advertido por aquellos que caminan ebrios por sus calles. Al salir del ascensor caminé rozando la pared mientras seleccionaba a oscuras la llave de mi puerta. En los escalones que iniciaban el camino hacia la siguiente planta descubrí un bulto camuflado por la oscuridad. Antes de saber que se trataba de una persona creí oír su voz. Me acerqué, tendí la mano y toqué su cabeza, su mejilla. Como un ciego que comienza a recobrar la visión, habituándome a la oscuridad, empecé a distinguir su silueta, aunque sin acabar de reconocer sus facciones. Te esperaba, no sé cuánto llevo esperándote, decía la voz rozando con los labios mis dedos. Se movieron las paredes y el suelo. Apoyándome en la baranda, introduje la mano por el escote y noté la curva de sus pechos. Sentí la emanación de un perfume, una respiración junto a mis caderas, una voz, Déjame, y me arrodillé con la lentitud de quien se dispone a rezar. Vamos a tu casa, decía la voz que no era la voz de Amparo, y mis manos se hundían bajo su falda mientras unas manos que salían de la oscuridad me empujaban intentando impedir que yo me aplastara contra su cuerpo y lo tumbara sobre los escalones, trabando sus miembros sin escuchar la voz que me pedía, No, por favor. Besaba su cara, la melena, las losas del suelo, empujando sus rodillas, rasgándole las bragas y doblándole los muslos, no llevado por el deseo sino por un afán ciego de venganza. Sentí un golpe seco contra el borde de un escalón en la frente, el olor de la sangre y el ruido del ascensor. Abrí los ojos sin ver nada, y de pronto tuve la sensación de estar asesinando a alguien, con aquel nudo de ropa y aquel aliento agitado debajo de mí y que parecía expirar en el momento en el que la luz del ascensor en su viaje hacia los pisos superiores iluminó el rellano y un reflejo alcanzó aquella cara en la que entreví unos rasgos que durante un segundo todavía me parecieron los de Amparo pero que al instante se transformaron en el rostro de otra mujer.

Cuando de nuevo la oscuridad lo envolvió todo, me retiré de ella con el cuidado de quien se separa de un cadáver, temiendo despertarlo del otro mundo o contagiarse de su muerte. Limpiándome con el dorso de la mano el hilo de sangre que me bajaba por el pómulo, miré aquel bulto desaliñado en la penumbra, tendí una mano hacia donde suponía que se encontraba su brazo y lo agarré con la misma precisión que si lo hubiera visto a la luz del día. La conduje hasta mi puerta como a un ciego o a un animal dócil. La acompañé hasta el sofá y encendí la pequeña lámpara del rincón. Todavía creí vislumbrar algún rasgo de Amparo en el rostro congestionado de Ángela. Eché ginebra en un vaso sucio y, limpiándome la ceja con un pañuelo, me acerqué al balcón. La observé a través del reflejo de los cristales. El pelo, castaño oscuro, le cubría las mejillas. Tenía la camisa desarreglada por la lucha, los ojos entornados y unas lágrimas que bajaban por su cara sin ningún gemido ni esfuerzo, como si fueran gotas de sudor. Miré el paisaje solitario que se abría ante mí, el cielo descolorido, la pared rosácea del edificio de enfrente. A lo lejos, flotando sobre los tejados, se estiraba la franja estrecha y vagamente fosforescente del mar. Un buque silencioso y apenas iluminado se internaba en la bruma del horizonte. Me recordó aquel barco a Amparo con la misma intensidad que habría sentido al ver su cara, y volví a mirar a Ángela, quizá todavía con la esperanza de encontrar a otra mujer en su lugar. Sentí ganas de vomitar y a la vez unos deseos incontrolados de abrazarla. Me acerqué y, arrodillándome, puse los dedos bajo su barbilla y le levanté la cara. Ya no lloraba ni quedaban restos de lágrimas en sus mejillas. Me miraba sin verme, el azul de los ojos desvaído, los labios, con finos cortes en la capa de carmín, entreabiertos aspirando un oxígeno que parecía faltarle. Intentando que mi movimiento ni siquiera se notase, acerqué mi boca a la suya, rozando con suavidad la lámina pastosa de carmín, sin llegar a sentir sus labios, deleitándome con el velo cálido de su aliento. Retiré mi cara tan lentamente como la había acercado y por un instante pude ver sus ojos todavía entornados, la boca entreabierta, con la punta de la lengua asomada a la entrada de su madriguera como un animal asustado. Pensando en Amparo me pregunté quién era aquella mujer. Y mientras Ángela acababa de cerrar los labios muy despacio, en mi interior me repetía, Quién, quién es, y murmuré, Amor, amor, y la palabra me dio asco y me dejó en la boca el sabor amargo de la ginebra.

Durante los días que siguieron me limité a ir al cine y a refugiarme en mi casa. Y sólo al cabo de un par de semanas, después de haber pasado la noche con Meliveo –el coche plateado, la mujer manca, los descampados–, me decidí a buscarla, a emprender un camino que acabaría por traerme a esta ciudad helada y gris donde todo son rostros sin nombres y calles muertas, edificios que amenazan desaparecer cuando la niebla anaranjada y densa de la noche se levanta y la luz del amanecer me aleja cada día un poco más de mis recuerdos y de mi propia vida.

Días después del primer encuentro, Medina había ido a La Estrella. De nuevo salieron de la ciudad y se detuvieron en un lugar de las afueras. Lo mismo volvieron a hacer en los días siguientes. Así empezó, según Amparo, su relación con él. Nunca se repitió el beso al borde del acantilado. Hasta que una tarde, Medina la esperó en la puerta de la pensión sin el coche. Ese día Amparo, algo desconcertada y sin saber a dónde se dirigían, caminó junto a él por las calles del barrio hasta que, ya en las fronteras de La Bóveda, entraron en un portal que daba a un patio en sombras y con unos arbustos subsistiendo en unos arriates y macetas abandonados.

Subieron al primer piso y entraron en un despacho de aspecto lujoso. Amparo lo cruzó tras los pasos de Medina, que se detuvo a abrir una puerta al fondo y pasó a una habitación más pequeña, una especie de alacena amplia en la que había un sofá de cuero, un espejo y un pequeño frigorífico forrado de madera. Mi refugio, dijo Medina siguiendo con atención el movimiento de sus propios labios en el espejo. Mientras abría el frigorífico y sacaba unas botellas, comentó, siempre de cara al espejo, que ella, Amparo, era la primera mujer que entraba en aquella habitación, reservada para sus negocios y el descanso de su trabajo. El frío de sus pupilas se oscureció con el susurro de su voz, y después, cuando se sentó en el sofá y se acarició la comisura de los labios, la barbilla y la garganta a la vez que echaba hacia atrás la cabeza sin apartar la vista de Amparo, no hubo necesidad de palabras. La mirada, concentrada en los ojos de Amparo, fue bajando hasta su boca, dibujando lentamente el perfil de los labios, su cuello, la curva tenue de los pechos, y ella, obedeciendo el deseo de aquella mirada que dejaba en su cuerpo un rastro casi palpable, comenzó a desabotonarse la blusa con la misma lentitud con que la recorría aquella mirada. Sin retirar la vista de la de Medina, siguió despojándose de sus prendas, y a medida que se iba desnudando se sentía más pudorosa, cada segundo más deseada y también más frágil, absorbida por aquella mirada que guiaba sus movimientos y la impulsaba, despacio, a terminar de desprenderse del sujetador, de la pequeña braga.

Desnuda, avanzó hacia Medina, y cuando él posó la mano en su cadera y aproximó el calor de sus labios a la blancura indefensa de su vientre, su inquietud, su miedo, amenazó con desbordarse. Envolviéndola en un abrazo, Medina la volcó con mucho cuidado en el sofá, untándole de saliva el cuello. Se tumbó sobre ella con susurros, gimiendo. Se agitaba contra su cuerpo, con espasmos crecientes que la golpeaban contra la pared. Cuando Amparo intentó deshacerse de aquel abrazo, Medina la atenazó con más fuerza, y rígido, tragándose aquellos quejidos ahogados, siguió golpeando las caderas de Amparo, sacudiéndola, asfixiándose, hasta que todo acabó en un estertor crispado, en un silencio y una inmovilidad que, tras unos minutos, trajeron de nuevo la voz acompasada de Medina. Sólo entonces, girando levemente el cuello, pudo verle Amparo la cara a través del espejo, sonriente, sin que el movimiento de los labios se correspondiera con las palabras que llegaban a sus oídos.

Poco a poco, por algún comentario, por las palabras susurradas del Ramó, por algunos recuerdos extraídos de antiguas conversaciones con Marta, ante los ojos de Amparo se fue perfilando el rompecabezas que mostraba la vida de Medina en La Bóveda. Supo algo de sus negocios gracias a detalles mínimos, a encuentros ocasionales en la calle, mientras estaban en el coche parados y alguien, agachado junto a la ventanilla, le susurraba la hora de una cita, una cantidad, un nombre. A veces Amparo tuvo la impresión de ser ella misma un elemento más en aquella vida en el barrio, alguien que pertenecía a aquel mundo del que Medina desaparecía durante días sin que se supiera nunca a ciencia cierta si alguna vez regresaría. Y a pesar de ello, en la soledad de La Estrella, Amparo esperaba el paso de las horas deseando escuchar el claxon del automóvil bajo la ventana, una llamada que ponía fin a esos días interminables en los que se sucedían las horas en la habitación, el Ramó y sus viejas historias, esporádicos paseos hasta el almacén y el temor cada vez más cercano a sacar de entre la ropa el sobre con el dinero o a mirar las ofertas de trabajo en el periódico, teléfonos subrayados a los que nunca llamaría.

Una tarde, tal vez confiada por el tono cálido de Medina, Amparo le dijo que apenas tenía dinero y que necesitaba trabajar en lo que fuese.

Medina parpadeó despacio, con aquella sonrisa suya de aguas y dientes sucios, contestó que podía trabajar por las noches en el negocio de una amiga, le pagarían bien y lo único que tenía que hacer era servir copas. A la vez que escribía un nombre y un teléfono en una servilleta, inició una nueva conversación, quizá contrariado por aquel asunto que parecía desagradarle.

Luces tenues, espejos nublados, humo y focos verdes alumbrando rincones con plantas de plástico, carmín y rubio platino, oro falso y lencería, ojos aguados por el deseo y el alcohol, murmullos y eco de risas, todo separado del mundo por un cortinaje pesado de terciopelo, todo flotando en una noche más densa que la que afuera recorría las calles. La sonrisa mortificando los labios, el escote volcado sobre el mostrador, hombres solitarios merodeando por el bosque de la penumbra, marineros, gente que negociaba, mediaba o sacaba provecho de cualquier mercancía y que después remataba sus asuntos en aquel lugar, hombres a los que Amparo empezó a servir después de cruzar unas palabras con la dueña del local, la amiga de Medina, quien, escoltada por un perro pequeño al que le faltaba una pata delantera, la recibió con una larga mirada de arriba abajo, acariciándose los mechones de una melena oxigenada y vaporosa, sonriendo al pronunciar su nombre: Queca. La piel le formaba pliegues en el cuello que le bailaban con el habla y tenía ojos de animal antediluviano, velados por una membrana transparente y rodeados por unos surcos profundos, malamente camuflados por la costra de un maquillaje azul.

Para sorpresa de Amparo, la voz ronca de aquella mujer le dijo que hacía tiempo que Medina le había hablado de ella y se la había recomendado con mucho interés. Y aunque en ningún momento cayó de sus labios una sonrisa perfilada por un carmín de color rosa, su mirada y su voz estuvieron siempre a medio camino entre la burla y el desprecio. Y de ese modo, le fue enumerando las condiciones del trabajo. Amparo la escuchó prestando más atención a la forma en que la mujer representaba la escena –movimiento exagerado de los labios, gestos ampulosos y sumamente lentos al fumar, pausas, miradas– que a lo que realmente decía. Y cuando finalmente fue a salir del pequeño despacho, olisqueada por el perro manco, todavía la Queca, después de un intervalo que parecía definitivo, le dijo, Palomita, que no estaba obligada a subir con los clientes a los reservados, y ya con una sonrisa completamente abierta llamó al perro, *Trespatas*, ven con mami, con mami, arrugando los labios y lanzando besos al aire, como si Amparo ya hubiese salido de la habitación.

Mientras yo permanecía encerrado en la cabina, mientras yo caminaba, mientras yo mentía a Ángela, mientras vigilaba el giro de los platos y comprobaba el temblor de la película, mientras me masturbaba y dormía en un sillón entre carteles viejos y ecos de voces grabadas, mientras comía como un animal enjaulado en la penumbra de aquella cabina, Amparo, sin que yo aún la conociera, practicaba cada noche el mismo ritual. Después de mirar desde el balcón las calles del barrio y ver cómo se iban envolviendo y desdibujando en la noche, entraba en la habitación mientras yo bebía solo en un bar y se arreglaba frente al pequeño espejo que había en su habitación, maquillándose con calma, dejando correr el tiempo mientras yo, asomado a otro espejo miraba incrédulo en lo hondo de mis ojos. Se ponía un vestido negro con adornos de gasa y, después de entornar los postigos del balcón y mirar por última vez la calle, a la vez que yo deambulaba perdido por avenidas y bulevares, esquivando la mirada del Ramó salía de la pensión camino del local de la Queca. Yo subía en un ascensor y oía en medio de mi soledad el crujir de los cables de acero y en un lugar cercano empezaba la liturgia de la noche, aparecían las compañeras de Amparo y llegaba el primer cliente, algún furtivo de mirada huidiza. Y siempre la mirada de la Queca siguiendo a Amparo de reojo, estudiando su forma de atender a los clientes mientras yo me asomaba al vértigo de una ventana y miraba la ciudad buscando entre aquel laberinto de casas mi destino, unos ojos enturbiados que acabaran por decirme quién era yo. Y como cada día, como cada noche, yo cerraba cuidadosamente los postigos de aquel ventanal y me refugiaba en aquella casa en la que meses después oiría la voz de Amparo y vería su cuerpo desnudo y sus ojos asustados, que al salir del local, en el frío de la madrugada, buscaban el coche plateado de Medina mientras en mi cabeza comenzaba la marea de los sueños.

Noche tras noche Amparo se encontró con la ausencia de Medina, y al igual que en mi sueño caminaban mujeres solitarias y se extinguían a lo lejos ruidos de pasos, risas y ecos de voces, atravesando una calle desierta y larga, Amparo cerraba el ritual iniciado unas horas antes, sus tacones rompiendo el silencio de los adoquines camino de La Estrella, atravesando en la quietud de la pensión la mirada agónica del portero de noche.

Cuando apenas llevaba trabajando diez o doce noches, se le acercó la Queca y, con fingido aire de lástima, le dijo que un cliente quería subir con ella a los reservados. Sin dejar que Amparo contestara, con un movimiento de los párpados, lentos, cargados de pintura, le ordenó con el índice que se callara y le señaló a un hombre solitario que la miraba desde la penumbra de una mesa. La Queca, sonriendo al hombre, con la voz firme y desprendida de su habitual engolamiento murmuró, Palomita, que era un buen cliente al que era mejor no contrariar y que había que guardarse donde cupieran los caprichos y los remilgos. Aquello era lo que Amparo había esperado desde que entró por primera vez en el local, desde antes, desde que Medina le habló del trabajo con aquella concisión que ni siquiera dejó espacio a una pregunta. Y a pesar de todo, de saber que aceptaría, que había aceptado desde el primer instante, quiso hacerle frente a la Queca y se quedó mirándola como si contuviese un insulto, midiendo su fuerza en un pulso silencioso. Esperaba el momento justo para decirle que quizá a Medina no le gustara aquello, cuando la Queca, con una sonrisa verdaderamente limpia, gozando de su triunfo, le susurró que el cliente era un viejo amigo de Ángel, y que a él no le iba a gustar que ella le hubiese negado un favor a un amigo. Huyendo de la sonrisa que deformaba aquellos labios pastosos, de la podrida ternura de aquellos ojos, Amparo salió de detrás de la barra. Esperó al cliente en el umbral de la escalera y subió delante de él. Tenía prisa por llegar a la habitación. Los pasos, la suave asfixia de los peldaños y el corazón, las palabras amables del hombre y una especie de debilidad que le subía desde la rodilla, hacían que todo pareciese distante y ajeno, aquello le estaba sucediendo a otra persona, ella era solamente un testigo, alguien que desde otro tiempo observaba lo que estaba ocurriendo.

El dormitorio en sombras, los muebles y las paredes apenas dibujados por los rayos de luz que todavía se filtran por las rendijas de la persiana. Los muros desprenden el calor ardiente de una caldera, como si un incendio desatado en la habitación de al lado estuviese a punto de desmoronarlos. Estoy tumbado boca arriba, con los brazos extendidos sobre las sábanas. Ella está sobre mi vientre y aprieta los muslos contra mis costados. De su melena mojada, por la blancura de su cuello, bajan unas gotas de agua. Columpia los hombros con un ritmo irregular, la depresión de las clavículas, el temblor leve de los pechos. Una sonrisa somnolienta le estira los labios, largos, blandos. Baja la cabeza hasta rozarme la cara con la punta de los mechones mojados, se dobla un poco más y hunde la cara en mi cuello, me besa, y siento el frescor de su pelo correr por mi cuerpo, ríos de hielo que se precipitan por mi piel. Al levantarse deja la sábana con pequeños cercos de humedad, rastros de agua que el calor cerca y evapora con rapidez. Y se alza, lenta, lenta como una fotografía, como si no tuviera fuerzas o fuese una gran estatua que izan con cables y poleas. Sus ojos se abren de nuevo y sobre mí cae suave un flujo amarillo y vaporoso.

Recordaba Amparo la expresión de Medina después de haber subido al reservado aquella noche. La interrogó con una mirada lenta, esperando un reproche que nunca habría de producirse. Amparo sabía ya en qué consistían algunos de sus negocios, y después de unas semanas de trabajo también supo que Medina era socio de la Queca, dueño de una parte del local en el que ella trabajaba. Apenas le importó, como tampoco le importó saber que la Queca era una antigua amante suya. No era difícil imaginarse a Medina joven y ambicioso, recién llegado al barrio, protegido por aquella mujer madura que en esa época intentaba olvidar la muerte de su marido, descuartizado por un tren en medio de la noche mientras corría borracho por un descampado detrás de una mujer que al parecer perdió la razón y a la que la policía tuvo que separar a la fuerza de la cabeza decapitada de su amante. Medina prometió a la viuda devolverle multiplicados sus favores, desde la ropa del difunto hasta el dinero que esos pantalones y chaquetas llevaban en sus bolsillos. Amamantado por el prestigio que los años de oficio habían otorgado a la Queca, medró en el barrio y a fuerza de navaja y astucia se hizo de una posición que le valía a partes iguales respeto y odio

Nada de aquel pasado ni de los vínculos que seguían uniendo a Medina con la Queca importaban a Amparo, decidida a flotar en la marea, a aprovechar el privilegio de ser la amiga de Medina y acompañarlo a lugares prohibidos para sus compañeras, salas de fiesta y restaurantes en los que a veces volvió a ver al Romano y a Marta. Procuraba no observar demasiado a sus compañeras ni pensar en las mujeres derrotadas que buscaban clientes en los alrededores del local. Había visto cicatrices en sus cuerpos y recordaba historias del Ramó sobre mujeres enfermas que habían muerto en la cama con gente extraña, asesinatos.

Y aquellos rumores y visiones que Amparo siempre había intentado dejar atrás, diluidos por Medina, por la generosidad de sus regalos o por las noches pasadas en algún lujoso hotel en su compañía, tomaron cuerpo y se resistieron a abandonar el pensamiento de Amparo cuando una mañana, de regreso de una noche pasada en un hotel a orillas del mar, el barrio se le reveló con una cara nueva. Las calles le parecieron más estrechas y desvencijadas, un laberinto sin salida ni final, la entrada a un panteón del que nunca podría escapar. Y cuando el coche de Medina ya embocaba la calle de La Estrella, Amparo le pidió a Ángel que no se detuviese, que siguiera adelante. Medina le respondió con una sonrisa que Amparo, por un instante, interpretó como una señal de duda, como una posibilidad real de huir de aquel lugar para siempre. Pero él, sin perder la sonrisa, le preguntó si pensaba volver a la usura de los robos, a la rapiña de cadenitas y baratijas. Con la mirada y la sonrisa bruscamente enfangadas, murmuró, más para él mismo que para Amparo, que si quería podía recomendarla a tipos de la categoría de Simón el Lupa o a cualquier chulo callejero de los que rondaban por allí explotando adolescentes, ganándose su cariño y su respeto con quemaduras de cigarrillos y cortes de navaja en la planta de los pies. Detenido el coche frente a la pensión, añadió que ella había nacido para hacer lo que hacía y para estar siempre a su lado. Le besó los labios, y cuando Amparo se disponía a bajar, le dijo en tono de amenaza que la semana siguiente, o antes, volverían a pasar la noche fuera.

El tiempo late con un pulso débil, goteando como agua en un fregadero. La voz de Amparo es un viento suave que acaricia el vidrio de mi ventana en el silencio de la madrugada, y al igual que entonces, veo sus ojos en medio de la oscuridad. Hay momentos en los que siento su presencia, oigo sus pasos en el pasillo y tengo la certeza de que volveré a verla, que está al otro lado de la pared, sonriendo en una de esas habitaciones vacías. Pienso en aquella noche que pasó junto a mí hablando de su pasado, de la desolación, y el miedo que había sentido al regresar con Medina a La Bóveda y que fueron creciendo en los días siguientes, inundándola, sin que ya nada pudiese frenar la carcoma que la roía por dentro.

Todo acabó por desbordarse cuando empezaban a crecer los rumores que anunciaban desgracias para Medina y malos augurios para sus negocios. El día que acuchillaron a la Queca, Amparo fue a su casa como cada viernes para cobrar el sueldo de la semana. Sólo llevaba unos minutos allí cuando llamaron a la puerta. Fue ella quien le abrió al Bizco. Tardó unos instantes en reconocer a aquel antiguo empleado de Medina que desde meses atrás venía trabajando por su cuenta. Con una borrachera que le distorsionaba aún más la mirada, el Bizco empujó la puerta preguntando por Ángel. Sin oír la respuesta negativa de Amparo, hizo un gesto de repugnancia y, murmurando una maldición, le agarró el brazo, O me dais el dinero o te follo aquí mismo a navajazos. Amparo oyó a su espalda las pisadas irregulares del perro cojo, de la Queca. Qué quiere ése, preguntó. Quiero lo que es mío, mi dinero. La Queca se quedó mirándolo con una sonrisa triste, balanceando la cabeza en una negación lenta a la vez que susurraba en el tono de una amable invitación, Déjate crecer la mierda, Bizco, y vete a la calle, lejos de aquí.

Amparo vio cómo el perro agachaba su parte trasera y orinaba en el suelo, con los ojos lastimeros, como si ya estuviera muerto. Viendo acercarse a la mujer, la mirada del Bizco se torció aún más. Dando el asunto por zanjado, la Queca intentó cerrar la puerta y dejar al Bizco fuera, pero éste, sin retroceder, la empujó con el hombro a la vez que tiraba de Amparo hacia él. Fue entonces cuando la Queca, aprovechando la inercia del empujón, se acercó al mueble de la pared de enfrente y sacó de uno de sus cajones una barra de hierro. A partir de ese instante todo se disparó, los sucesos fueron vertiginosos y apenas hubo tiempo de retenerlos en las pupilas, sólo en la cámara lenta de los recuerdos, añadiéndole fragmentos perdidos y recomponiendo las imágenes que a toda velocidad habían impresionado su memoria, pudo Amparo reconstruir lo sucedido. El temblor de las paredes, la carrera de la Queca hacia el Bizco extendiendo un brazo mientras con el otro alzaba la barra de metal, el cabezazo seco de él en mitad de la cara que hace desplomarse a la mujer, el perro saltando sobre sus patas traseras, enganchándose al pantalón del Bizco, Amparo arremete contra él, empuja, le muerde en la cara, intenta darle un rodillazo en la entrepierna, el Bizco se gira, tropieza con el perro y la suelta antes de caer al suelo, se queda agachado y sonríe a Amparo, el perro gruñe y la Queca, con un hilo de sangre bajándole de la nariz, se levanta a espaldas del Bizco, alza el hierro y le descarga un golpe en el cuello, tan fuerte que la barra se le escapa de la mano y sale despedida, el hombre se encoge sobre sí mismo y, de rodillas, intenta de inmediato levantarse, se tambalea, y la Queca, babeando sangre, le hinca las uñas en el cuello, el perro sigue a su ama y muerde una pierna del hombre, desgarra el pantalón y se aferra a la carne. El Bizco intenta librarse de un mal sueño, tiene la mirada perdida mientras se abre su chaquetón de cuero y hurga en su interior. La Queca redobla sus esfuerzos, intenta introducir sus dedos entre los músculos y tendones del hombre, pero él despierta de su pesadilla con un grito furioso, saca su brazo del chaquetón, y en la mano levanta un cuchillo de carnicero que gira en el aire, vuela sobre el perro y se lanza en un tajo rápido contra la Queca, que, fulminada, le suelta el cuello y se deja caer hacia atrás agarrándose la pierna mientras grita al ver cómo el cuchillo vuelve a alzarse y baja hacia el perro. Amparo retira la mirada y al instante ve al animal con la parte trasera desarticulada, trastabillea el perro burbujeando sangre, gira sobre sí mismo y cae.

Entonces se acabó el vértigo, hubo un momento de reposo, un instante de silencio antes de que la Queca se recuperase de su grito y, con la pintura convertida en dos lágrimas negras, empezara a llorar como una niña de voz ronca. Amparo miró los ojos atravesados y claros del Bizco, que, todavía de rodillas, se palpaba el cuello dolorido. Del muslo de la Queca manaba una sangre limpia que empezaba a formar un charco en las baldosas y que se mezclaba con esa otra sangre, más oscura, casi negra, de su perro. El Bizco se puso de pie con dificultad. La Queca lo maldijo y apoyándose en el respaldo de una silla intentó levantarse, pero el hombre le puso un pie en el pecho y la empujó hacia atrás, despacio, hasta que la Queca cayó de nuevo, ahogando entre gemidos sus insultos. El Bizco, con el cuchillo caído a lo largo de la pierna, un bulto morado en el cuello, se quedó mirando a la vieja oxigenada y dio un paso hacia ella levantando el cuchillo. Amparo susurró, No, y el Bizco se detuvo con la mano en alto. La Queca se quedó mirándolo con una sonrisa iluminada, No tienes huevos, maricón, no tienes huevos, y entonces, con un movimiento enérgico, recobrando la rapidez invisible de los momentos anteriores, el Bizco se agachó, cogió el perro por una pata trasera y lo lanzó con toda su fuerza contra la pared que había al lado de la Queca. El muro recibió el golpe con un sonido esponjoso y sordo que dejó a la Queca sumida en un llanto mudo y con el perro, ya sin forma, a su lado.

Arrastrando los pies, como si verdaderamente acabara de despertar de un sueño pesado, el Bizco llegó junto a Amparo, se detuvo a unos centímetros de sus labios y se quedó observándola con una expresión de asco, chupándose los dientes antes de escupirle en la cara y apartarse de ella para cruzar la puerta entreabierta y empezar a bajar la escalera. Amparo permaneció inmóvil, temiendo todavía que al gesto del Bizco le siguiera un golpe de su cuchillo. La Queca, con voz muy débil, le dijo que llamara a un médico. Parecía más vieja, como si lo poco que le quedaba de juventud se le estuviese escapando con la sangre que inundaba el suelo. Amparo la estuvo mirando unos momentos antes de ponerse en movimiento. Pasó junto a ella, se soltó de la mano pringosa de sangre que intentaba aferrarse a su brazo y entró en la habitación donde estaban antes de que llegara el Bizco. Cogió los fajos de billetes que había sobre la mesa y volvió a pasar al lado de las manos extendidas que desde el suelo intentaban agarrarla. Ladrona, puta, ladrona, lo vas a pagar, lo vas a pagar. Cerró la puerta despacio y, como el Bizco unos momentos antes, se fue escaleras abajo oyendo los gritos de la Queca cada vez más lejanos.

Imaginé a Amparo caminando por las calles de La Bóveda. La imaginé bajando de un taxi frente a la antigua casa de sus padres horas o días después. Y allí pasó unos días invadida por la misma serenidad que había sentido al dejar a la Queca herida, como si estuviese convaleciente de una larga enfermedad y no pudiera preocuparse por nada que no fuese ella misma. Ni siquiera la posibilidad de que la Queca hubiese muerto la perturbaba. Pensaba en ello con la misma indiferencia con la que seguía en la televisión una película o asomada a la ventana veía gente que cruzaba la calle y desaparecía en medio de más gente. Sólo después de algunos días de aislamiento empezó a resquebrajarse su tranquilidad, como si poco a poco despertara de una anestesia que la había distanciado de la realidad. Y a partir de entonces, cuando llamaban a la puerta o se oían pasos en la escalera, contenía la respiración temiendo que fuese la policía o el propio Medina.

Sabía a la Queca capaz de todo, recordaba sus ojos al abandonarla. Si no se había acabado de desangrar al lado de su perro cojo, era probable que le hubiese dicho a Medina que había sido ella, Amparo, quien la había atacado. Y también sabía Amparo que Medina no dejaría las cosas de aquel modo, no importaba que permaneciera callado, invisible. Al contrario, se agazapaba, crecía en la calma aparente que día a día y hora a hora se iba cargando de tensión. Y así, cuando apenas habían transcurrido diez o doce días desde que el Bizco irrumpiera en casa de la Queca, una de las últimas tardes de aquella primavera lluviosa y gris, Amparo decidió ir a La Bóveda.

Desde una cabina telefónica estuvo vigilando la fachada de la Queca y la puerta del local, cerrado a una hora en la que habitualmente era alzada la persiana de la entrada a los proveedores. En vano paseó por la acera y dejó pasar el tiempo dando vueltas a la manzana. La puerta del local permaneció cerrada y Amparo no consiguió ver a nadie relacionado con Medina. No se encontraba con valor suficiente como para ir en busca de él. Tampoco se sentía con ánimo para hablar con Marta y preguntarle qué había ocurrido. Dejó que cayese la noche, esa noche en la que una tormenta aparatosa y larga dejó flotando en la atmósfera un calor húmedo. Ésa fue la noche en la que Amparo, después de un itinerario caprichoso, tomó unas copas de menta en un bar estrecho de los alrededores del puerto, la noche que caminé por las empinadas calles y bajé las escalinatas solitarias, los pasos perdidos, su figura a lo lejos y yo acercándome, las paredes mojadas, los fulgores lejanos de la ciudad, sus ojos mirándome mientras en las aguas inmóviles del puerto empezaba a fermentar el olor amargo a aceite crudo, a animal desollado que meses después, en los muelles lo inundaría todo.

Wilhelmshaven. En esta ciudad fantasma la noche va llegando a lo más hondo de sí misma. Oigo el crujido de sus raíces hurgar en el pozo en el que cada día se sumerge. Al amanecer el día arrastrará en su ascenso todas las miserias halladas en la noche, en el limo que destilan los sueños y sus visiones. El paisaje que ahora apenas se vislumbra, edificios sin ventanas, el perfil negro de las chimeneas que se pierden cielo arriba, los muelles lejanos, pronto se cubrirán de una luz anaranjada y brumosa y la visión será más desoladora y fría que la propia noche, porque ya no habrá esperanza. Doy la espalda a la ventana y recuerdo aquella otra noche, cuando estuve sentado al lado de Amparo. Y vuelvo a ver, en un relámpago, cómo su rostro se dibuja unos instantes con el resplandor de unos faros y aparece transformado por la vigilia, pálido, desangrado por el flujo de la voz y los recuerdos.

Los espejos y las sombras. Hay en el interior de la memoria burbujas y luz blanca, rostros que se queman como una película ante el calor del proyector. Lo único tangible que conservo de Amparo es una fotografía borrosa tomada a los pocos días de conocerla. Me entretuve preparando la cámara mientras ella se duchaba. Con el sigilo de un asesino estuve escuchando el agua en el baño, el quejido del desagüe y después el silencio, su voz interrogante llamándome. El ruido amortiguado de sus pasos desnudos. Apareció en el salón, el pelo mojado cayendo en finos y ondulados mechones sobre las mejillas y los ojos, vestida sólo con una falda corta, un cigarrillo sostenido entre los labios, atusándose la melena con los dedos abiertos. Al ver que la apuntaba con el objetivo de la cámara se quitó el cigarrillo de la boca y extendió una mano hacia la máquina justo en el momento que yo pulsaba el disparador. Es la fotografía que conservo y que semanas después, cuando Amparo desapareció, estuve mirando durante horas, milímetro a milímetro: un brazo cruzado delante del torso, los dedos separados y borrosos de la otra mano impidiendo ver un lado de la cara, sólo una parte de la boca visible, los labios esbozando una sonrisa que parece tierna, el pelo mojado cayendo por la piel blanca del cuello, el movimiento congelado de su pecho desnudo. Parecía una fotografía sacada a un cadáver. Lo demás ha desaparecido y en vano lo revivo en la noche de esta ciudad helada. Es inútil el intento de rebobinar la vida como si fuera una película recién pasada, el celuloide de los recuerdos está fabricado con una sustancia barata que se distorsiona, muda y repliega cada vez que es visionado. La verdadera huella del pasado queda en las hendiduras de la piel, en el bombeo de la sangre y en la corteza de los huesos, en las muescas del corazón y del rostro, no en la memoria.

Medina alentaba en las sombras y su silencio se iba transformando en un zumbido cargado de amenazas que aumentaba de intensidad a medida que cada hora, cada día, rebasaba su frontera y entraba en otra hora, en otro día. Y de ese modo transcurrieron dos semanas desde la tarde que estuvo merodeando por los alrededores del local hasta que Amparo supo la causa por la que Medina había prolongado su silencio más allá de lo previsible. Fue al final de una de esas primeras tardes de verano, cuando después de ocultarse el sol, el cielo aún continúa de un color azul pálido, dispuesto a no oscurecerse nunca. Llegamos a un bar en el que nos esperaba Meliveo con unos amigos. Al entrar, Amparo vio la figura solitaria de Marta en una de las mesas del fondo. No volvió a mirarla hasta después de haberse sentado y encendido con calma un cigarrillo. Marta, con sus párpados caídos y lentos, la observaba con atención, sin que sus ojos, verdes y agotados, dejaran escapar ninguna señal.

Después de casi media hora de contemplación, Marta se levantó y, caminando con desgana se acercó a Amparo. Se inclinó sobre ella y le dijo con los labios casi rozándole el oído que saliera, la esperaba en la calle. Amparo dudó un instante, pero la firmeza de Marta y su propia curiosidad le impidieron continuar allí sentada. Bajo la pequeña carpa que un toldo formaba a la entrada del bar, se detuvo al lado de su antigua amiga y como ella se quedó mirando el final de la calle, sin hablar. El Romano ha muerto. Amparo pensó por un instante que el susurro que acababa de oír había sido un error de sus oídos.

Pero no, allí estaban aquellas lágrimas bajando rápidas por las mejillas de Marta para confirmar sus palabras, los ojos húmedos y súbitamente enrojecidos que continuaban mirando la fachada de enfrente con la misma fijeza con la que antes la habían estudiado a ella. Medina está en la cárcel, añadió deseando sembrar dolor, miedo.

Amparo sintió de repente cómo los días que había pasado lejos de La Bóveda se convertían en sueño, triturados, barridos de pronto por aquellas palabras que la devolvían a la realidad. A pesar de ello, aún tuvo fuerzas para mantenerse callada y no dejar traslucir un atisbo de debilidad o inquietud. Sentía el pulso de la noche en sus sienes, la calle se convertía en un túnel mientras Marta seguía hablando de Medina, de su ruina y del Romano, Medina quiere que al salir de la cárcel vuelvas con él, quiere verte, que vayas a verlo y le cuentes qué pasó con la Queca. Ella está viva, añadió antes de repetir, Quiere que vuelvas con él, y quedarse aún unos segundos mirando la fachada de enfrente, inmóvil, con las lágrimas ya evaporadas de la palidez de sus mejillas.

Los ojos de Amparo eran grandes y tristes, y el amarillo desvaído de sus pupilas mirando el horizonte nublado del mar parecía un líquido que flotara en sus ojos y que en cualquier momento pudiera derramarse. Caminaba hacia la orilla y yo observaba desde lejos cómo su silueta se recortaba contra el gris del cielo. Empezaron a caer gruesas gotas de lluvia. Su nombre, nacido en la oscuridad del pecho, me subió por la garganta y se me quedó en la boca, apenas pronunciado. Lo repetí, Amparo, susurrándolo mientras la veía acercarse a la orilla. Recogí la ropa y fui a refugiarme bajo la cornisa de un merendero abandonado. La lluvia caía abundante y blanda sobre la arena. Amparo se sumergía en el agua hasta las rodillas. Repetí de nuevo su nombre, sin emitir ningún sonido, sólo marcando las sílabas con los labios, tres, cuatro veces, como si mi aliento acariciase su oído y pudiera notar el calor de mi respiración y la humedad de mi lengua y mis labios. Pero ella seguía indiferente a todo, a la lluvia y a mi llamada secreta, parecía una estatua abandonada en la orilla del mar, balanceada por el impulso del agua. Yo deseaba que continuara caminando mar adentro, sin volver la cabeza, hasta que las olas le anegaran la boca, los ojos, la frente y su melena fuese un manojo de algas flotando a la deriva. Yo continuaría llamándola con susurros mientras ella se ahogaba, Amparo, Amparo.

Mientras iba a mi casa, mientras nos bañábamos en el mar o me esperaba en la puerta del cine, las palabras de Marta sobrevolaban en silencio alrededor de Amparo y le daban acoso. Pero cuando, pasadas unas semanas del encuentro con Marta, regresaba una noche a su casa, ninguna inquietud flotaba en el ánimo de Amparo. Al llegar a la entrada de su casa no reparó en la figura que se encontraba protegida por la penumbra del portal vecino hasta que prácticamente estuvo a su lado. Era un hombre, y aunque el cuello y la cara quedaban ocultos en la sombra y sólo pudo ver una camisa de rayas azules o negras y un pecho hundido, no tuvo dudas de quién se trataba.

El hombre salió de las sombras removiendo un olor de frutas podridas y colonia rancia. La voz cálida que pronunció su nombre –como el día que la encontró caminando junto al Ramó o la tarde que por primera vez se desnudó ante él– le hizo levantar la cara, y entonces pudo ver Amparo aquel rostro anguloso, severo y cansado que en un principio le resultó extraño pero que al sonreír se hizo completamente familiar. Amparo dio un paso adelante y se abrazó a él. Y mientras palpaba aquel cuerpo que en verdad parecía rescatado de la tiniebla y de la noche, un llanto convulsivo la estremeció. La oscuridad lo confundía todo, las palabras susurradas no tenían sentido y los gestos fueron todos equívocos.

La voz de Amparo en medio de la madrugada me dijo que había abrazado a aquel hombre con la misma desesperación, con el mismo miedo con que se habría abrazado a alguien que armado de una navaja fuese a asesinarla. Al separar su cara de la de él, de nuevo le resultó difícil reconocer a Medina, en las semanas que habían transcurrido el tiempo se había ensañado con él, no envejeciéndolo sino cambiándolo, convirtiéndolo en una persona distinta de la que ella había conocido y de la que sólo permanecía intacto el fulgor apagado de los ojos y el dibujo riguroso de los labios. Y aun así, la mirada tenía una intensidad extraña y parecía, más que nunca, que tras la hondura de las pupilas se movieran imágenes de cadáveres.

Cuando Amparo fue consciente de sus movimientos se encontraba ya detenida delante del coche plateado, subiendo a él. Medina condujo mirándola a intervalos, sopesando como antiguamente su silencio y calibrando la expresión de Amparo. Aquel estudio callado y tenso duró hasta que cerca del puerto bajaron del coche y entraron en un local en cuya puerta colgaban dos pequeños faroles rojos. Era un bar con las paredes comidas por la humedad y olor a desinfectante, con farolillos de tela rojiza, parecidos a los que había en la entrada, repartidos por todas las mesas. Medina le indicó a Amparo el rincón del fondo para que se sentase mientras él hablaba con el camarero, un tipo gordo sin cejas que llevaba un peluquín mal encajado y con rizos de color verdoso.

A unos pasos de distancia seguía advirtiéndose el cambio experimentado por Medina, y aquel aire de abandono, el deterioro de su ropa y la barba mal afeitada, hicieron pensar a Amparo que por primera vez no iba disfrazado, que justo entonces, sin los trajes oscuros ni las camisas de colores llamativos, se mostraba en su estado natural. Cuando se sentó a su lado, la cara de Medina quedó iluminada oblicuamente por uno de los farolillos. Parecía que acabaran de encontrarse y que el abrazo del portal y el trayecto en el coche no hubieran existido. El tono de Medina era sosegado, casi dulce, aunque arrastraba las palabras con desgana. Después de lo del Bizco todo había sido un desastre. Mientras la Queca estuvo en el hospital, él tuvo que ir a comisaría varias veces. La Queca llegó a dar la descripción de Amparo a la policía aunque él consiguió que declarase que no la había visto antes ni sabía su nombre. Tampoco dieron las señas del Bizco, ya se encargaría él en persona de esa mierda.

Sí, no habría estado mal que te hubieran enchironado una temporada, que te hubieran puesto el coño entre rejas, para que no lo airéases más de la cuenta, murmuró Medina con una sonrisa extraviada. La Queca lo había intentado convencer de que estaba liada con el Bizco y que habían planeado el robo entre los dos, pero él no la había querido creer, y dijo esto mirándola fijamente, abriendo aún más su sonrisa. Las cosas habían marchado cada vez peor, como si la sangre vertida por la Queca en el suelo hubiera sido un mal presagio y allí, en aquellas manchas y gotas estuvieran representadas sus figuras y escritos sus nombres. Hubo traiciones. Chivatos, policías y lameculos, todos querían su parte. Pero lo peor fue lo del Romano. Él, Medina, estaba decidido a empezar otra vez desde abajo, intentó contagiar su ánimo al Romano, involucrarlo en sus proyectos una vez que pasaran los meses de cárcel, si es que no conseguían librarse del encierro. Estuvo hablando con su amigo una noche entera, yendo de un bar a otro hasta que al final de la madrugada logró que saliera del pozo en el que había caído, y estuvo seguro de que volverían a trabajar juntos, igual que años atrás, cuando conoció al Romano, hijo de una familia de la parte alta de la ciudad que andaba por La Bóveda sin hacer otra cosa que ganarse con su dinero la amistad de las prostitutas y la gente con la que compartía las noches. En el momento de despedirse, Medina pudo arrancarle aquella madrugada una sonrisa, un abrazo, pero el otro, con el insobornable camino que habría de seguir hasta el amanecer ya tatuado en su cabeza, ni siquiera había oído sus palabras. Cuando al día siguiente Marta le preguntó si sabía ya lo del Romano, nada más oír el apodo de su amigo, a Medina se le vino a la mente la sonrisa con la que se habían despedido la noche anterior. Por lo que Marta le dijo y por todo lo que después oyó, Medina pudo recomponer los movimientos de su amigo desde que se separó de él. Lo imaginó en el coche, atravesando las avenidas desiertas a toda velocidad hasta llegar a un pequeño bar que permanecía abierto toda la noche, donde ellos estaban en ese momento, y allí pasó un par de horas en silencio, bebiendo con la determinación de quien ingiere veneno y desea morir. Aguantó hasta que la claridad mortecina del amanecer se filtró por las pequeñas vidrieras rojas que había un poco más abajo del techo y la luz entera del bar se hizo rojiza, como si una gran brasa lo iluminara. Con la sensación de que su cuerpo era una máquina extraña de la que desconocía el manejo, consiguió salir de allí. Quizá vagó durante un par de horas por las calles o tal vez se refugiara en un nuevo bar, lo cierto es que no fue visto hasta que llegó al Zurich ya avanzada la mañana, y allí, entre el bullicio de los desayunos, el trasiego del público y de los camareros, después de charlar con un grupo de amigos, desapareció en dirección a los lavabos.

Según contaron a Marta y ésta contó a Medina y él a Amparo y ella a mí, no había en el Romano nada que anunciara lo que iba a suceder, el sonambulismo con el que había salido del bar de luces rojizas había desaparecido, incluso había bromeado con aquellos conocidos. No fue hasta pasados unos minutos, cuando los amigos que estaban con él pensaban que se había marchado sin despedirse, que el murmullo del café se quebró y en la parte más próxima a los servicios, después de unos instantes de agitación, se hizo un silencio repentino. Al momento se oyó un grito que puso en movimiento a toda la gente, atraída por la curiosidad hacia la zona de los lavabos y repelida de allí una vez que había visto al Romano tendido en el suelo después de que hubiera intentado ahorcarse con la cadena de la cisterna. La cadena se había partido, y, al caer, el Romano había roto con la cabeza el retrete. Un borde afilado de la loza había servido para tronzarle cuero cabelludo, músculos y cráneo. Dicen que aún, con un temblor nervioso, el Romano movía los dedos de una mano y rascaba la suciedad del suelo con las uñas ensangrentadas. Los ojos, medio vueltos, los tenía fijos en el techo o en la pared que había a su espalda, en el pequeño espejo que reflejaba las caras de los camareros y la repulsión y el miedo del público.

La mirada de Medina se hizo más fría al recordarse a sí mismo escuchando a Marta. Después vino la cárcel, pasillos, declaraciones, paredes grises, voces en el eco de las galerías, el cielo del patio, y la libertad, una libertad miserable que parecía la continuación del castigo que venía soportando en los últimos meses. Y mientras Medina hablaba, Amparo seguía el flujo vertiginoso de sus propios pensamientos. Según me dijo días después, sentía miedo de Medina, de sus ojos, del modo en que su mano avanzaba hacia la de ella sobre la mesa. Y el temor provocado por esos dedos, el contacto sobre el borde sinuoso de la pequeña cicatriz que recorría su dedo e iba a desembocar en la uña como en un lago ínfimo y rosado, la mirada esquinada del camarero, la impulsaron a levantarse. Pero Medina, apenas sin inmutarse, la agarró de la muñeca y tiró hacia abajo con violencia, obligándola a sentarse de nuevo. Te llevo dentro, no te puedo extirpar, eres, eres con tu carita de puta una enfermedad que me está comiendo el alma, si te saco de mí me muero, eres una parte de mí, tú soy yo. Sin resistirse, cedió al impulso de Medina, que mientras le hablaba atraía su muñeca hacia él y la obligaba a inclinarse, a acercar su cara a la de él, los labios grandes y perfilados rozando los suyos, el aliento de ambos mezclándose. Cerró los ojos y estuvo escuchando hasta que Medina aflojó la presión alrededor de la muñeca y empezó a acariciarle el pelo, a besarle la frente y los pómulos, los labios.

Al salir a la calle, mientras esperaba a Medina, Amparo creyó entrever la posibilidad de que todo se solucionara. Todo era posible bajo aquel cielo despejado, no importaba que la voz de Medina sonara firme al decirle que iba a organizarlo todo de nuevo y que se reunirían dentro de unos días. Sólo debían pasar los minutos, dejar que Medina hablara en el trayecto hasta su casa, que le acariciara el cuello o, arrodillándose en el suelo del coche, entre súplicas, rezos y jadeos, enterrase la cara entre sus muslos.

Pasó el día siguiente en su casa, y aunque pensaba que tal vez yo fuese la única posibilidad de huida, de escapar de un mundo que amenazaba ser más sombrío que en el pasado, dejó correr las horas encerrada en su habitación, sin llamarme ni hacer nada. Fue entonces cuando la esperé en mi balcón, vigilando la calle empinada y la plaza con la estatua por donde ella hacía su aparición cada tarde. En la cabina de proyecciones miré hipnotizado la mecánica de los platos, la película que corría temblorosa hacia el objetivo, hacia el instante fugaz en que el foco lanzaría su minúscula foto contra la pantalla, donde aquel trucaje de luz y voces despertaba emociones del mismo modo que la química de mi cerebro transformaba su energía en ansiedad.

Durante los días siguientes miré en un viejo escaparate el retrato de una prostituta muerta hacía años, piel amarga y blanca, esperé en vano el sonido del teléfono, y a veces, al pensar que nunca volvería a verla, sentía cómo me despojaba de una carga, y una ola de serenidad me recorría el cuerpo hasta que pasados unos minutos algo se desmoronaba en mi interior y la inquietud volvía a nacer, vigorosa, destructiva. Y cuando días después Amparo apareció en mi casa y en la oscuridad empezó a revelarme su pasado, me limité a seguir el hilo de aquella historia como un espectador ajeno y sin curiosidad, preso en mis propias sensaciones, que me distanciaban de todo lo que oía. El compás del tiempo era marcado por el fulgor diminuto y rojo del cigarrillo de Amparo, la aparición de sus labios en la penumbra, voluptuosos y anaranjados. Cuando acabó de hablarme, no sé cuánto tiempo permanecimos callados hasta que Amparo movió la cabeza con un gesto triste y arrugó el paquete de tabaco vacío y lo arrojó sobre la mesa al tiempo que se levantaba y se dirigía al ventanal.

Allí, enfrentada a la negrura y al silencio de la madrugada, parecía el mascarón de proa de un barco que atravesara la noche del océano, avanzara en el vacío, indiferente al oleaje y al miedo. El cansancio y el sueño me afilaban los sentidos, podía oír el flujo de su sangre, el roce de las uñas en el metal de la baranda. En las yemas de mis dedos notaba el tacto de su piel, sus poros pasando bajo los surcos de mi epidermis. Los relojes habían estallado y el tiempo era el tictac de mi respiración, el movimiento lentísimo de unos párpados, el balanceo apenas perceptible de la melena de Amparo colgando en el vacío, hasta que de pronto se irguió y, dándose la vuelta, con la palma de la mano se alisó el pelo despacio, posando para un fotógrafo imaginario. Caminando con cuidado, como si fuese una ladrona y nadie la estuviese viendo, recogió su bolsa y fue hacia la puerta. Al pasar por mi lado me sentí atraído hacia ella como un planeta que se cruza con otro en la soledad del universo. Pero contuve ese impulso y me quedé petrificado en aquel sofá en el que había pasado la noche junto a una sombra que me había excitado y torturado contándome su pasado, como si estuviera viéndola desnudarse y las palabras hubieran sido las ropas deslizándose cuerpo abajo.

No me importaba si era verdad lo que Amparo me había contado ni qué había callado ni cuánto había mentido. No quería saber nada ni pensar en nada. Como a veces hacía antes de conocerla, una noche, al salir del cine fui en busca de Meliveo. Lo encontré en el teatro, solo en medio de la escena apagada, trasteando con cables y enchufes. Mientras le ayudaba a instalar los focos me dijo con una falsa ilusión que le habían ofrecido la posibilidad de participar en una gira por el extranjero como ayudante de iluminación.

Al verlo caminar por el escenario, abatido y sin dejar de hablar mientras hacía conexiones y pruebas, recordé los años anteriores, tan lejanos, cuando el cine donde yo trabajaba no hacía proyecciones nocturnas y después de la última función nos escondíamos en los servicios hasta que el portero corría los chirridos de las rejas y echaba el último candado. Recorríamos los pasillos vacíos y las escaleras que todavía guardaban el aliento de los últimos espectadores, y proyectábamos una película. Nos recordé sentados cada uno en el extremo de la sala, dejándonos empapar por las imágenes y los resplandores de la pantalla, por aquel bálsamo, aquel flujo vaporoso que calaba por nuestros poros y nos aserenaba la vida y nos la hacía habitable en medio de aquella penumbra cambiante y acogedora. Después fui yo quien pasó allí noches completamente solo, visionando *Max y los chatarreros* con el sonido apagado, esperando las secuencias de Romy, subido en el escenario, alumbrado por las imágenes que como una piel multicolor y huidiza se movía sobre mí, observando pegado a la pantalla la luminosidad azul de sus ojos, viendo sus labios moverse sin voz, sólo luz, sólo su rostro de cinco metros inundando la noche cerrada del cine.

Salimos del teatro. La noche nos impulsaba a beber callados, solos a pesar de ir con alguien que era o había sido amigo. Entrábamos en cualquier bar y cada uno permanecía preso en su mundo, separado del otro por un velo que ninguno estaba interesado en romper. Aquel pacto de silencio sólo era salvado por algunas expresiones, por algunas palabras cruzadas, como si acabásemos de conocernos y nos resultásemos simpáticos mutuamente. A una hora indeterminada de la madrugada, mientras decidíamos a dónde ir, Meliveo, echado en el cristal de un escaparate, se había deslizado por él hasta sentarse en el suelo. Yo, de pie a su lado, lo animaba para que se levantase cuando, por el fondo de la calle vi aparecer un coche plateado que llevado por una velocidad irreal y silenciosa se acercaba hacia nosotros. Pareció que el automóvil brotara de mi imaginación, de un sueño, de la voz de Amparo. Avancé unos pasos hacia el borde de la acera. En su interior pude distinguir dos siluetas desdibujadas por los reflejos del cristal, manchadas de penumbras y de sombras, un hombre y a su lado un rostro cubierto por una melena rubia. Y aunque en ese instante no reconocí en aquella figura a Amparo, viendo todavía cómo el automóvil se alejaba, estudié el perfil recién grabado en mi memoria sin encontrar ningún rasgo que negara la posibilidad de que fuese ella. Cuando el coche se adentró en la avenida y perdí de vista el brillo rojo de sus pilotos, me di cuenta de que estaba en medio del asfalto, andando como un sonámbulo tras la estela de aquel espejismo que acababa de remover en mi interior la voz de Amparo. Y entonces deseé volcar toda mi violencia, todo mi desprecio contra la sonrisa ebria de Meliveo, ajeno a aquel coche y al rostro irreconocible que yo había entrevisto y que en ese momento, al visualizarlo de nuevo, aparecía en mi mente con los rasgos de Amparo. Al ver el aire cansado y somnoliento con que Meliveo se levantaba, sentí un miedo repentino al pensar que pronto iba a volver a mi casa. Me parecía una locura llegar a un lugar vacío, a una especie de cripta, encerrarme entre cuatro paredes y tumbarme como un muerto en la cama.

Pasamos el resto de la madrugada buscando locales abiertos, mostradores en los que apoyar nuestros cuerpos repletos de alcohol. Sin importarnos dónde habíamos dejado olvidado el coche de Meliveo, caminábamos en silencio por callejuelas mal alumbradas, despejándonos, casi saliendo de una borrachera para entrar en otra mayor, más profunda. La melena, los ojos, los labios vislumbrados, intuidos, inventados, que quería haber visto en el coche, no dejaban de perseguirme.

Cuando ya el día amenazaba con despuntar, vencido por el cansancio y el alcohol, Meliveo quiso dar por concluido el peregrinaje, pero mis ojos, sombríos y desvalidos, le hablaron de mi miedo a retirarme. Tras unos instantes de duda, mi amigo me señaló una parada de autobús. Subimos a un vehículo cargado de miradas torvas. Eran trabajadores recién levantados que miraban con resentimiento nuestra borrachera o dormitaban con las sienes apoyadas en los cristales, viendo cómo la ciudad pasaba ante ellos. Las farolas continuaban encendidas y su luz naranja se recortaba contra un cielo en el que las tinieblas empezaban a evaporarse. Poco a poco, los edificios se fueron distanciando unos de otros y aparecieron tapias pintorreadas y solares, vías de ferrocarril, bloques de pisos en medio de descampados. El cielo, rosa pálido y también celeste, reflejaba toda su belleza en unos charcos cuyas superficies plateadas parecían fragmentos de un espejo roto. Meliveo no veía lo que nos rodeaba, iba con la mirada perdida y daba la impresión de que sus pupilas fuesen opacas y no dejaran pasar la luz a su cerebro. Sin embargo, cuando después de una curva el autobús enfiló una cuesta idéntica a otras dejadas atrás, sin decirme nada, se levantó y dio unos bandazos hasta llegar al timbre.

Bajamos en la orilla de una tapia tras la que asomaba un edificio alto y con los cristales rotos y empezamos a andar uno detrás del otro por el borde de la carretera. El crujido de la grava bajo los pies me produjo una sensación agradable hasta que, al finalizar la tapia nos apartamos de la carretera y avanzamos hacia una casa mal encalada, con un cañizo delante de la puerta. Un cartel metálico anunciando un refresco entre sus desconchones de óxido y una pequeña pizarra con una lista de comidas medio borrada, eran lo único que indicaba que aquello era un bar. Meliveo empujó la puerta y saludó con familiaridad a quien debía de ser el dueño, un hombre con los mofletes colgantes y grandes cejas despeinadas que respondió al saludo de mi amigo emitiendo una especie de quejido ronco que no contenía ninguna palabra.

Nos acomodamos en el rincón más penumbroso, deseando regresar a la noche y al amparo de su oscuridad, ya extinguida. Bebimos un par de copas con avidez, como si no lo hiciéramos desde semanas atrás, y mientras esperábamos el tercer cubalibre, el hombre gordo nos sirvió unos trozos de pollo aceitoso y frío que Meliveo se apresuró a devorar metiendo los dedos entre los huesos, masticando con los labios brillantes y reblandecidos. Yo miraba al camarero, que, imperturbable, después de bajar las sillas colocadas patas arriba sobre las mesas, volvió a instalarse detrás del mostrador y empezó a lavar vasos de una forma mecánica. Miraba el horizonte por una ventana con rejas que había justo enfrente de él y que parecía abierta allí para que se le perdiera la vista cada amanecer mientras rescataba del fregadero los vasos de la noche anterior y los secaba con una bayeta agujereada y descolorida. No podía precisar qué era lo que me revolvía el estómago, si el olor de la carne que comía Meliveo, el alcohol o la mirada de aquel hombre, su indiferencia ante todo lo que no fuese su ventana y los vasos del fregadero. Me levanté y le pedí un coñac. Aún continuó enjuagando vasos y mirando al frente durante unos segundos antes de moverse y poner una copa sobre el mostrador, muy despacio, como si la copa tuviera un lugar exacto y prefijado en el mapa de la barra y él calculara milimétricamente su ubicación. Le quité la botella de entre las manos y se quedó mirándome mientras yo me la llevaba a la mesa. Bebí la primera copa de un trago, y sólo después de llenármela un par de veces más y de ponerle a Meliveo en su vaso una cantidad parecida a la que yo bebía, me di cuenta de que mi amigo doblaba el cuello y se dormía. Lo traqueteé, moví el taburete en el que estaba sentado y me miró unos segundos con la vista vacía, sin reconocerme. Le acerqué el vaso y bebió con la docilidad de un enfermo que apura la medicina que lo ha de curar. Sus ojos dejaron de parecerse a los de un muñeco, y entonces le pregunté si no sabía de otro sitio al que pudiésemos ir. A la vez que afirmaba con la cabeza y se contorsionaba despacio para sacar dinero del bolsillo, llamó con un gruñido al camarero.

Al salir a la luz del sol tuve que entornar los ojos y caminar durante unos metros a tientas. Meliveo, después de detenerse un momento para vomitar algo completamente líquido, se quedó mirándome y, como si evocara un sueño que acabase de tener en su breve letargo, me dijo que cerca de allí, hacía tiempo, los enanos de un circo habían descuartizado un elefante, y a continuación, sin saber si se refería al elefante o al otro bar, me señaló un camino de tierra que se apartaba de la carretera. Por ahí, dijo, y empezó a caminar, concentrado y cabizbajo, deteniéndose de vez en cuando para dejar escapar con toda facilidad, sin ningún tipo de contracción ni arcada, un caño de líquido. Yo me detenía unos pasos detrás y reanudaba la marcha cuando él lo hacía, deslumbrado por la luz blanca que me impedía ver con nitidez el paisaje que rodeaba aquel camino pedregoso por el que íbamos –los montones de escombros, los pequeños y empolvados matojos casi secos, del mismo color grisáceo que las tapias que se veían a lo lejos.

El ruido de los pasos arrastrados de Meliveo no coincidía con el movimiento de sus pies, el mundo estaba a punto de desmoronarse. Se oía el zumbido de la carretera, gritos de niños o voces lejanas que yo no sabía si eran reales o nacían en un rincón de mi cerebro y lo cruzaban hasta desaparecer por el otro extremo. El sol empezaba a calentarme la cabeza, y en la boca notaba el sabor de la tierra, el polvo que Meliveo levantaba me crujía entre los dientes produciéndome la sensación de que las muelas se me estaban deshaciendo. Del suelo subía un calor que aumentaba a cada paso, parecía que muy cerca hubiese un gran fuego inflamando el aire o que el verano hubiese resucitado con toda su virulencia en medio de aquella mañana que ya era de otoño. Y a pesar de todo deseaba que el lugar al que nos dirigíamos se encontrara todavía lejos o que Meliveo se hubiese extraviado y siguiera andando sin rumbo por aquellos caminos resecos.

Necesitaba agotarme, cansar mi cuerpo hasta la extenuación, llevarlo hasta un límite en el que se doblegara, que cayese en un sueño profundo que arrastrara mi mente, cada vez más despierta y veloz. Bordeamos los linderos poco precisos de un cementerio de coches. Corriendo de un lado a otro, entre los viejos caparazones sin vida de los coches a medio desguazar, se escuchaban los ladridos de unos perros que no se dejaban ver pero que nos hicieron apresurar el paso, esquivando torpemente los neumáticos destripados y los hierros oxidados que invadían el camino. Fue al dejar atrás la chatarrería cuando a lo lejos vi la figura de una mujer detenida en aquel camino solitario, su silueta recortada contra una tapia tiznada por restos de hogueras. Estaba situada a nuestra izquierda y creí que poco a poco nos iríamos alejando de ella, pero los giros del camino acabaron por llevarnos en su dirección.

Cuando ya estábamos cerca, Meliveo me señaló una casa situada a unos doscientos metros y ante la cual se alzaban dos o tres árboles medio raquíticos. Con un susurro me indicó que aquel era el lugar al que íbamos, pero yo sólo atendía a la extraña figura de la mujer, de pie en medio de aquel desierto. A tan sólo unos diez o doce metros aún no podía distinguir sus rasgos, ni siquiera era capaz de precisar su edad. Bañada por el sol, nada más que alcanzaba a ver su pelo, los hombros algo caídos y su ropaje oscuro. Sólo cuando llegamos a su altura y me detuve en medio del camino de cara a ella, logré distinguir sus facciones. Era una mujer de unos cuarenta años, delgada y pálida, con los párpados pintados de un azul intenso, labios curvados hacia abajo y ojos cansados que se posaban en mí del mismo modo que lo habrían hecho en un papel arrastrado por el viento.

A pesar del calor, llevaba puesto un jersey de lana que se adivinaba recalentado, casi inflamado por el sol. Meliveo, que parecía no haberla visto, se detuvo a esperarme un poco más adelante, y sin volverse, como si sólo yo pudiese oírlo, dijo, Una puta, vámonos. La mujer me hizo un gesto con la cabeza, doblando el cuello y señalando con su movimiento la tapia que, a veinte o treinta metros, había tras ella. Veía a Amparo, a la modelo rubia del retrato, sus ojos cansados y turbios, muertas las dos, como la mujer que me miraba. Dudé. Meliveo me observaba, preocupado por mi demora y por conservar el equilibrio. La mujer me repitió el gesto lentamente y, estirando su cuello largo y marchito, giró sobre sí misma y empezó a andar despacio, siguiendo la dirección que había señalado con los labios. Al darse la vuelta se subió el bolso al hombro, y sólo entonces me di cuenta de que su brazo derecho acababa en un muñón rugoso a la altura de la muñeca. Di unos pasos tras ella por una vereda estrecha que se apartaba del camino y que, dirigiéndose a la tapia, sorteaba los montículos de cascotes y las irregularidades del terreno.

A mi espalda me pareció oír un murmullo de Meliveo llamándome, pero ni siquiera volví la cabeza. Sólo me interesaba aquella mujer que caminaba delante de mí con pasos lentos, cansados, muy parecidos a los de Amparo. Imaginaba su cuerpo desnudo, unos muslos fuertes y voluminosos que contrastaban con la delgadez del torso y de la cara. Cuando llegamos a la tapia anduvimos todavía un poco parejos a ella hasta que al doblar el recodo la mujer se detuvo y, señalando con la cabeza una manta abierta en el suelo a la sombra de la tapia, se giró y me volvió a mirar con la misma indiferencia como lo había hecho a la orilla del camino. Extendiendo su única mano, me dijo que le pagara. Mientras me hurgaba en los bolsillos y reunía en la palma de su mano todo el dinero que llevaba, miré a mi alrededor: la vieja manta con briznas de hierba seca extendida sobre unos cartones, una caja de cartón con fruta madura, un par de botellas pegadas a la sombra de la tapia, agua y anís.

La mujer se acomodó sin prisas en la manta, las piernas abiertas y la falda de lana rasposa subida hasta las ingles. Me hizo una señal con los ojos y yo la obedecí a pesar de que me iba sintiendo preso en una trampa que yo mismo me había tendido. Me hinqué de rodillas delante de ella y, mientras me bajaba los pantalones, le pedí con un balbuceo que se desnudara. Negó con la cabeza, seca, y extendió los brazos, el muñón apuntándome y la otra mano haciendo un pequeño movimiento hacia sí misma, indicándome que me acercara. Despacio, hundiéndome en el agua de un estanque venenoso en el que acabaría por ahogarme, me volqué sobre ella, y un olor amargo que no sabía si surgía de su piel, del suelo o de la manta, me inundó el olfato, una especie de peste a goma quemada.

La mujer me abrazó y, apretándome contra ella, comenzó a moverse con dulzura. Me sentí a bordo de una barca que se ondulaba sobre las débiles olas de un mar sereno, con un balanceo que me recordaba un juego infantil. Me agarraba a su jersey temiendo caerme. En vano intenté subirle la ropa, ver su piel, su cuerpo desnudo, ella aumentó el ritmo del vaivén y todo fue vértigo, náusea y miedo. Aquello sólo tenía semejanza con la muerte, con la última agonía, una oscuridad blanda, húmeda, un oleaje negro batiendo sus aguas contra mi vientre, asfixia y miedo, cerré los ojos creyendo verdaderamente que me iba a morir, besando los labios secos y cerrados de aquella mujer que tenía un sabor a tierra. El muñón pasaba por mi espalda y mi costado, avanzando por mi camisa empapada en sudor como un reptil descabezado y ciego, y la piel de la mujer, su cuello, era suave, mármol amarillo y tibio, el movimiento implacable, vertiginoso de las caderas, ecos rebotando en mis oídos, risas y voces, el alcohol removiéndose en mi interior, palabras, Meliveo, el camino polvoriento, los rostros del autobús, el sol saliendo de las tinieblas, veloz, subiendo a las alturas para reventar en una explosión blanca, un gemido profundo, latidos, labios, dientes y saliva, un gran edificio desmoronándose, una nube de polvo que no me dejaba ver nada. La desolación. La mujer estaba ya de pie ante mí. Arrodillado en el borde de la manta y sin saber qué había pasado, reuní todas las fuerzas que en mi cuerpo conservaba para poder levantarme.

Conseguí mantenerme de pie hasta llegar a la tapia y apoyarme contra ella, sólo entonces me di cuenta de que estaba desnudo de cintura para abajo y había dejado los pantalones al lado de la manta. El sudor enfriado de la espalda en contacto con el cemento caliente me produjo un estremecimiento que al instante se convirtió en auténtico frío. La mujer bebía agua elevando la botella, echando la cabeza muy atrás mientras dejaba su brazo manco extendido a lo largo del cuerpo, y después, con unos ojos muertos, miraba el horizonte de aquella explanada polvorienta antes de volver a subir la botella y dar un nuevo trago. Al finalizar se agachó, extendió la manta un poco y recogió mis pantalones, los tiró a mis pies, sin ni siquiera mirarme. Apoyándome siempre en la tapia, logré ponérmelos. La sangre volvía a circular por mi cuerpo, a regarme el cerebro, y tuve ánimo suficiente para empezar a andar después de echar un último vistazo a la manca, entretenida ahora en verter un poco de anís en una pequeña copa que desde lejos se adivinaba sucia y pegajosa.

Dejé la estrecha vereda por la que había caminado detrás de la mujer y fui esquivando los desniveles del terreno en dirección a donde creía que estaba la carretera. Supuse a Meliveo en el caserón que se veía a lo lejos, dormitando en una mesa, delante de una copa y restos de comida. Torciéndome los tobillos y dando traspiés por aquel camino polvoriento, con la cabeza abrasada por un sol de fuego y los ojos casi cerrados, aceleré la marcha hacia la carretera, ansioso por subir a un autobús que me devolviera a la ciudad, deseando ahora refugiarme en la tranquilidad de mi casa, la boca y los párpados llenos de un polvo muy fino que imaginaba extendido por toda mi piel, adherido al sudor que me cubría el cuerpo entero. Quería dormir, dejar que el cerebro empapara en su líquido las ideas que lo cruzaban.

La espera al borde de la carretera, el viaje en

el autobús y la llegada a mi casa, las sábanas arrugadas en la penumbra. Al recordarlo, todo aparece más cercano al mundo de los sueños que a la realidad, Meliveo y su sonrisa, los ladridos de los perros, el coche plateado cruzando la noche. Sólo la agonía entre las piernas de la mujer permanece nítida, real en mi memoria, el muñón rozando mi espalda, sus ojos perdidos en un horizonte vacío mientras unas gotas de agua forman un hilo brillante en la lividez de su cuello.

Después de aquella noche anduve medio hipnotizado. Esperaba, esperaba tumbado en el sofá, bebiendo ginebra, demorando cada movimiento, retardando cualquier decisión, enterrando cualquier deseo. Esperaba ahogándome muy despacio, dejando que mis pensamientos se deslizaran con suavidad por las paredes de mi cerebro, permitiendo que se asentaran, descartada ya la posibilidad de olvidar a Amparo, empezando a comprender que nunca me sería posible recordarla como algo distante y ajeno.

Habían pasado dos semanas desde la madrugada en la que Amparo se había marchado de mi casa cuando una noche, al salir del cine, tomé inesperadamente un camino distinto del habitual y me dirigí a los alrededores de La Bóveda. Después de caminar a través de calles vacías y avenidas por las que sólo cruzaban coches, poco a poco fueron apareciendo casas desvencijadas, pequeños letreros luminosos, voces, como si fuese navegando por el mar y en medio de la noche empezara a encontrar restos de un naufragio. Entré en uno de los primeros sitios que vi abierto, una especie de taberna estrecha y sin luz eléctrica, alumbrada por unas cuantas velas que había colocadas entre las botellas de los estantes y sobre la barra. Un olor fuerte a orina salía de una puerta que, al lado del mostrador y con la pintura descascarillada, en todo momento, incluso cuando alguien hacía uso del servicio, permanecía abierta. Tomé un par de copas en aquel lugar, acompañado por sombras que bebían entre susurros, envueltas en la penumbra y la peste del urinario. Tras caminar por algunas calles periféricas del barrio, regresé a mi casa aserenado, lleno de calma.

A partir de esa noche comencé a merodear por La Bóveda, a estrechar un círculo que debía conducirme a Amparo. Lo hice sin emplear el camino recto, creyendo que seguía la táctica de un pájaro que vigila desde lejos a su presa, sin saber que no era dueño de ninguna decisión, que todo me arrastraba a seguir aquel único, inevitable camino y que yo sólo era una brizna de paja flotando en un caudal inmenso, a punto de desbordarse. Así, en los días siguientes fui adentrándome en aquel laberinto, impregnándome de aquella atmósfera que se filtraba cada vez más en mis pulmones y que todavía hoy percibo en lo hondo de mi paladar cuando recuerdo el letrero de luz morada flotando en la noche, la voz de Amparo, los ojos pequeños y claros del Ramó, los pasillos de aquella pensión donde días después oímos los disparos de Medina.

Si alguna vez lo he hecho, fue entonces cuando empecé a querer a Amparo, y lo hice a través de su ausencia, de aquellos olores salobres, a través de aquellas casas oscuras que, igual que yo mismo, amenazaban derrumbarse en cualquier instante, a través de mujeres castigadas por los años y la calle, a través de aquellos hombres que se apoyaban en los quicios de los portales con mirada de navaja y sonrisa compasiva. Deseaba verla de nuevo, aunque sólo fuese para comprobar que era tal como yo la representaba en mi recuerdo. Necesitaba mirarla de cerca, ver sus ojos amarillos, la piel pálida, los labios dudosamente dibujados y la pequeña cicatriz del dedo desembocando en el estanque rosado de la uña. Necesitaba sentir de nuevo la vibración de su voz recorriéndome la médula y los huesos.

Me dirigí aquel día a La Bóveda cuando la tarde ya comenzaba a caer. Desde el autobús que me llevaba hasta la entrada del puerto vi las explanadas grises de los muelles, los hangares y la zona de reparación de los buques. Las aguas plateadas y serenas del mar tenían ya el color del otoño, y durante algunos momentos pude apreciar unos reflejos rojizos y oscuros que no eran producidos por el sol, sino por alguna sustancia que surgía del fondo del mar, como si a unos metros de profundidad desaguara un inmenso caño de sangre que poco a poco tintara las aguas de aquel tono burdeos.

Al llegar a los alrededores de La Bóveda, con las farolas y los luminosos ya encendidos, caminé por las calles que conducían directamente al corazón de aquel mundo, buscando la pensión mencionada por Amparo. Después de preguntar un par de veces encontré La Estrella al final de una calle mucho más estrecha y larga de lo que había imaginado. Al ver su anuncio de neón azul, con la mitad de las letras apagadas y las otras brillando dudosamente contra una pared desconchada, tuve la impresión de que me encontraba cerca de Amparo, que por primera vez desde que la había conocido estaba cerca de ella.

Subí por una escalera destartalada y crujiente hasta el rellano del tercer piso. Atravesé la puerta de la pensión y un pasillo largo, con las paredes combadas. Detrás de un mostrador vi la cabeza y los hombros de un joven delgado que miraba hacia abajo y parecía absorto en la lectura de una revista o un libro oculto por el pequeño mostrador. Al acercarme vi que se trataba de un hombre de edad imprecisa, muy bajo, con el pelo enmarañado y un aspecto tan cansado que parecía llevar algunas semanas sin dormir allí sentado. Supe que era el Ramó. Me miró con recelo, pero sin ningún atisbo de asombro. Tampoco al preguntarle por Amparo se inmutó, simplemente paseó su mirada transparente por mi cara y me observó con un poco más de desconfianza, comprobando cómo se materializaba la historia que él había imaginado en torno a Amparo desde que Medina la encontró frente a la pensión o quizá desde antes, desde que la vio por primera vez en los pasillos de La Estrella, cuando entrevió en aquella joven rubia y abatida un nuevo personaje que formaría parte de sus leyendas y recuerdos, aunque esta vez la historia lo atraparía como un remolino y lo acercaría al abismo que, entre las sombras de los corredores, siempre había vislumbrado.

Me dijo que Amparo no estaba allí y volvió a mirar hacia abajo. Me incliné sobre el mostrador y vi sus manos apenas asomando bajo los puños raídos del jersey, apoyadas en un pequeño saliente sobre el que, al contrario de lo que había pensado, no había nada, ni revista ni libro, sólo los círculos irregulares de la madera y algunos pequeños agujeros que, al parecer, aquel individuo estudiaba durante horas. Le repetí que necesitaba encontrar a Amparo, iba a pedirle que por lo menos me dijera si había tenido alguna noticia de ella en los últimos días, cuando levantó los ojos y con una mueca que dejó al aire una fila de dientes pequeños y disparejos me dijo que estaba con Ángel, con Medina. Se quedó mirándome con aquellos ojos incoloros y murmuró, hablando para sí mismo, que Amparo no iba por la pensión desde hacía mucho tiempo, la había visto por casualidad en la calle, ni siquiera se había parado a hablar con él. Después de bajar la cabeza y arreglarse los hilachos sueltos del puño, me volvió a mirar: Estaba muy cambiada, yo se lo había dicho, se lo dije nada más verla con Ángel, le dije yo, tierra por medio, lo que Ángel toca se convierte en mierda, en mierda, sea lo que sea. Me miró con odio el Ramó. Sea lo que sea, empezaba a decir otra vez cuando le pregunté si sabía dónde podía encontrar a Amparo.

Salió de detrás del mostrador. Menudo y ágil, empezó a caminar hacia la salida, embutido en aquellas botas de agua que producían chasquidos a cada paso. Bajamos la escalera en silencio y en la calle, donde ya se había hecho completamente de noche, extendió el brazo en la dirección por la que yo había llegado. Me indicó varios giros a izquierda y derecha. Allí estaba el nuevo local de Ángel. Me observó con atención, desafiante. Me enseñó otra vez los dientes, pero esta vez no dijo nada. Simplemente se dio la vuelta y entró en el portal de la pensión con aquellos pasos delicados y ruidosos.

Seguí el camino señalado por el Ramó hasta llegar a una esquina frente a la cual había un letrero luminoso, Willy o Willard, un nombre olvidado a pesar de que recuerdo con nitidez sus letras en forma de caligrafía escolar, un tubo de neón blanquecino desprendiendo una luz morada. Antes de entrar, al detenerme en la acera de enfrente, el corazón se me hizo líquido, se me derramaba a lo largo del pecho. Cuando di el primer paso ya no palpitaba, pero no me importó, dejaría mi corazón atrás, tirado en una de aquellas aceras sucias y llenas de desperdicios. La luz morada del letrero iluminó mis ojos, su lluvia venenosa me bañó la cara y los hombros al pasar junto a ella. Oí rumores, el martilleo de la música viniendo del interior.

La música tenía el ritmo de un corazón alocado, un bombeo que rebotaba contra la piel. Desde la entrada sólo era visible una parte del local, envuelto en una penumbra azul que se multiplicaba confusamente gracias a algunos espejos. Al avanzar hacia la barra vi que en la parte izquierda del local las paredes estaban desnudas, con ladrillos descubiertos y cemento parcheando algunos trozos del muro. Había restos de obra, arena y sacos de cemento, junto a columnas enmoquetadas y sillones de cuero falso ocupados por gente que permanecía indiferente a aquel extraño escenario. Una chica de las que había detrás del mostrador me preguntó casi con un grito qué quería tomar, y si la invitaba a ella a lo mismo. Asentí, era delgada, con la espalda llena de huesos y pecas.

A través del espejo que había detrás de la barra, al fondo del local, allí donde el reflejo de los focos perdía intensidad y el suelo se encontraba desnivelado, descubrí a un hombre solo. Estaba sentado tras una pequeña mesa, al lado de unos ladrillos, contrastando su figura encorvada con las sonrisas de las mujeres y el animado murmullo de voces que flotaban sobre la espuma de la música. A pesar de su delgadez y su aire sombrío, no acababa de creer que fuese Medina, había algo de humildad, de animal indefenso, que no encajaba con la idea que me había formado al oír a Amparo hablarme de él. La camarera delgada acababa de servir las copas cuando por encima de su hombro, fijos en mí, vi los ojos de ella. Grandes y oscuros en la penumbra. Amparo. La palidez de los hombros y el cuello teñida de celeste por la iluminación y las facciones cambiadas, el cuello más largo y toda la cara transformada por el nuevo color de su pelo, por aquella melena corta y lacia de un negro intenso.

Me hizo un gesto para indicarme que no me moviese de donde estaba. En la otra punta del local apareció un hombre con la chaqueta echada por los hombros. Comprendí que Amparo había salido de aquel mismo lugar, un pasillo o una escalera que tenía su boca en el otro extremo de la barra y que desde mi posición no se veía. El hombre atravesó el local, y en el espejo pude ver cómo se inclinaba ante el individuo de la mesa y hablaba familiarmente con él. Después se dirigió a la barra, cruzó unas palabras con Amparo, le cogió una mano entre las suyas y la besó antes de emprender el camino de la salida y pasar a unos centímetros de mi espalda. Yo sentía, quería sentir, que todo aquello pertenecía al pasado, a un pasado remoto que estaba a punto de quedar atrás, el local, los clientes, el barrio entero, el puerto y su pestilencia amarga, todo era pasado, ese momento y los minutos y las horas que iban a seguir. Mi vida iba a empezar ese amanecer, sólo tenía que esperar el paso de unas horas, un trámite, contener mis impulsos, mi deseo de saltar por encima de la barra y seguir esperando que Amparo se me acercase.

No recuerdo las primeras palabras que me dirigió, sólo el movimiento de sus labios y el tono de su voz, que estaba hecha para hablar en aquel ambiente, flotando en la música, igual que la sirena de un barco sirve para surcar la oscuridad del mar y las sombras de los puertos. No supe qué decirle. Miraba su cara, aquella palidez de cera rota por el trazo negro de sus cejas y el flequillo, el abismo de sus ojos. Un cigarrillo le acarició los labios, una masa de humo flotó un instante en su boca antes de desaparecer en su interior y volver a surgir en una nube transparente y celeste, nublándole la mirada. Echó la melena hacia atrás y con una sonrisa me preguntó si me gustaba la decoración, sin darme tiempo para responder, forzando la sonrisa, añadió que todo se había quedado a medias y de momento no había dinero para más. Estuve a punto de gritarle que quería escapar, huir de aquel sitio y caminar, caminar bajo la lluvia hasta quedar limpio, hasta que el agua se llevara el último vestigio de la miseria que tenía incrustada en mi piel y en el alma, pero sólo llegué a susurrarle que tenía que hablar con ella, fuera de allí. No me contestó más que con la mirada, con una nueva nube de humo venenoso y azul. Y después del silencio miró hacia la entrada del local y me dijo que me fuese, que volviera otro día.

Cuando ya se había separado de la barra, le cogí la muñeca y la retuve con fuerza. Miré adonde ella lo había hecho. En la entrada, casi pegada a las cortinas, había una mujer con una melena desteñida y vaporosa observándonos. Amparo volvió a aproximarse a la barra y la mujer acabó de entrar al local, pasó cerca de mi espalda. Amparo, siguiendo con la vista a la mujer y a un joven moreno con el que se había parado a hablar, volvió a decirme que me fuese. Le respondí con una negación de cabeza, diciéndole que nos fuésemos juntos. No podía. Le propuse ir a los reservados para hablar con tranquilidad. Conteniendo una sonrisa triste, me dijo que no podía ir a los reservados más que con los clientes que Medina le escogía. Instintivamente giré la cabeza, miré al hombre sentado tras la columna y al volver la vista a Amparo ella afirmó con una caída de párpados, Sí, ése es. Y como si aquella afirmación la hubiese acabado de convencer de algo me dijo que la esperase al día siguiente en un bar de la avenida del puerto. Antes de volver a retirarse de la barra me miró un instante y ya como si yo no estuviese allí empezó a hablar animadamente con una compañera. Apuré el último sorbo de mi vaso y miré su vestido ajustado y oscuro que dejaba ver la suave ondulación de aquella espalda bañada de azul por la que tantas veces habían bajado mis labios. Camino de la salida vi cómo la mujer rubia, que seguía al lado del hombre joven, apartaba la vista de mí lentamente, sin fuerza.

En el cine notaba cómo el sonido de la película y el estremecimiento del proyector tenían un matiz nuevo, tal vez olvidado. Todo, ruedas, ejes, luces, incluso la vieja fotografía de Romy, el fulgor celeste de sus ojos, el vestido brillante y la seda negra de sus piernas, parecía haberse renovado. Todo se me hacía de pronto ajeno y se alejaba de mí vertiginosamente. Llevaba la mitad de mi vida encerrado, oyendo voces de metal, viendo imágenes falsas e irreales. Y como en otro tiempo, como hacía muchos años, la pequeña ventana que daba a la sala me atraía con el misterio de algo recién descubierto. La oscuridad parpadeante, las cabezas sobresaliendo del respaldo de las butacas, el eco, todo daba la impresión de pertenecer al interior de una cabeza, al interior de un cerebro por el que corren sus recuerdos o donde simplemente se refleja aquello que sus ojos ven en ese instante: un rostro de mujer, labios de carmín y peinado de los años veinte, los ojos nublados y brillantes por una lágrima, un susurro y el movimiento suave del cuello que hace girar el rostro y balancear una melena corta y ondulada.

Estuve casi todo el tiempo asomado a la ventana, mirando la pantalla, sin ver la película, sin seguir su argumento ni los diálogos, sólo mirando las imágenes que aparecían sobre el inmenso lienzo blanco, paisajes nunca vistos por los que parecía haber caminado toda la vida, rostros que me dirigían miradas lánguidas, la mujer de los ojos nublados desnuda entrando suavemente en el agua de una vieja y amarillenta bañera. Sólo después de una o dos horas de proyección salí de la cabina. Bajé la escalera que daba al recibidor, donde sonaba el eco apagado de la película, y desde allí continué bajando por otra escalera más amplia en dirección a los servicios. Detrás de mí oí los pasos de algún espectador que seguía mi camino, descendiendo hacia aquel sótano que ya anunciaba su olor a alcanfor y a humedad. Al abrir la puerta batiente de los aseos, miré a mi espalda y no vi a nadie, el espectador debía de haberse extraviado o arrepentido.

Me miré de reojo en el espejo que había sobre los lavabos y entré en la sala de los servicios, un depósito de cadáveres mal iluminado y con los techos bajos. Cuando ya me había acercado a uno de los desproporcionados urinarios, grandes como bañeras verticales, oí el chirrido de la puerta, después el ruido del lavabo, el estrépito del agua y aquella especie de mugido que se ponía en marcha cada vez que se abría un grifo en aquel lugar. Supuse que era el espectador despistado, tal vez borracho. No advertí sus pasos a mi espalda, ni siquiera vi su sombra avanzar hacia mí, ni la presentí, sólo vislumbré su brazo, un movimiento rápido que en principio no supe de dónde surgía y que me agarró del pelo y me apretó la cara contra la suciedad de los azulejos.

No imaginé lo que ocurría, ni siquiera ofrecí resistencia ni intenté zafarme, y cuando reaccioné y quise darme la vuelta o golpear con los codos a quien me tenía atrapado, ya era demasiado tarde. Aprovechando mi propio ímpetu para retirar la cabeza de la pared, aquel tipo me llevó hacia atrás y, ya desequilibrado, me impulsó de nuevo hacia adelante, golpeándome la cara contra los azulejos y dejándomela aplastada contra ellos. Antes de ver la navaja, intenté soltarme otra vez, ya con menos fuerza, y de nuevo fui golpeado contra la pared, dos, tres veces. Vi mi sangre en los azulejos y cómo éstos se estrellaban contra mi cara. La visión de la navaja acercándoseme al cuello acabó de inmovilizarme. Me quedé con la cara contra la pared, un pie metido en el urinario y la sangre de la nariz obstruyéndome la garganta. En la espalda sentía el peso y la fuerza de aquel cuerpo, el calor de su jadeo acariciándome la oreja. La navaja temblaba en mi cuello, cortándome la piel con su temblor.

Antes de oír el nombre de Amparo comprendí de qué se trataba, lo supe antes de que aquella voz aguda y demasiado endeble para la fuerza de su dueño dijese que me olvidara de ella y que no se me ocurriese volver por La Bóveda. Vi los ojos de la Queca fijos en mí al salir del local. Los labios me mojaban la oreja, preguntándome con insistencia si me había enterado de lo que me había dicho, presionando cada vez más la navaja contra mi cuello. Sabía que no era Medina, que aquella voz no se correspondía con la silueta taciturna que había visto en la oscuridad, la nube de humo azul, los ojos de la Queca: era el hombre joven y moreno que había a su lado. Fueron sus labios los que susurraron en mi oído un insulto antes de que la presión contra los azulejos disminuyese y me soltara el brazo. Entonces sentí el dolor en el cuello, un golpe seco de su frente en mi nuca, todo negro, el golpe contra la pared, un parpadeo, la habitación al revés, los urinarios por el techo, el sabor a desinfectante y alcanfor en la garganta, el chirrido de la puerta.

Mientras trataba de ponerme de rodillas, la sangre me goteaba de la nariz al suelo cada vez más acelerada y abundante. No sentía ira ni miedo, sólo intentaba recomponer la película de los instantes anteriores, unos cuantos segundos que en mi mente se alargaban y superponían, cuajados de matices distintos y de períodos diferentes. Al levantarme, mientras me palpaba con la lengua los dientes, vi la mancha de mi sangre en los azulejos. La sala dio dos o tres bandazos. Me apoyé en un urinario y comencé a andar en dirección a la salida, tropezando y a punto de caer varias veces. Seguía mareado, pero quería salir de allí a toda costa, abandonar aquella sala con luz de muertos. Subí las escaleras hasta la cabina de proyecciones, dejando tras de mí un rastro de estrellas rojas.

Por la ventana vi de nuevo el rostro de la mujer morena, sus labios calientes que pronunciaban unas palabras que no se correspondían con las que, en otro idioma, se oían en la sala. No acertaba a ordenar mis pensamientos, las ideas salían disparadas de mi mente sin darme tiempo para imaginar qué podía haber sucedido en el local después de irme yo. Me asaltaba la tentación de abandonar la cabina y correr hacia allí, abría de nuevo la puerta de la cabina y al instante me detenía. No sabía si la Queca y Medina habían forzado a Amparo a decirles dónde podían encontrarme o simplemente habían mandado seguirme. Por unos instantes pensé que quizá hubiese sido Amparo quien había mandado a aquel tipo, pero esa idea no resistió en mi cabeza más de un par de segundos antes de derrumbarse. Tampoco sabía si Amparo podría acudir a la cita del día siguiente, si Medina o la Queca estaban enterados de que pensaba verme con Amparo. Recogí mis cosas. En la pantalla, dorada por esa luz falsa que tienen los atardeceres de las películas, la hermosa mujer de ojos y labios cálidos hacía un leve gesto de asentimiento, movía suavemente la cabeza mientras bajaba la mirada y unas lágrimas descendían por sus mejillas dejando marcada una estela brillante, un delicado rastro de cristal que su melena, caída hacia adelante, no pudo ocultar.

Después de decirle al gerente que me había caído por las escaleras y que iba a marcharme, volví a los servicios. Más que a echarme agua fría y a limpiarme los rastros de sangre lo hice para observar el lugar donde había sucedido todo. Quería ver si aquella sala maloliente podía mostrarme algún indicio, alguna pista de lo ocurrido hacía unos minutos y que, a pesar del dolor en la nariz y los dientes, no acababa de creer. Sólo el sonido de la puerta a mi espalda, unos pasos y el mugido de las cañerías hicieron que la escena allí ocurrida se hiciese de pronto completamente real, tanto, que me obligó a salir deprisa, tropezando con el hombre que en ese momento se agachaba ante uno de los lavabos.

El frío de la madrugada me ayudó a despejarme por completo. La brisa me dejaba la piel insensible, como si llevase la cara protegida por una mascarilla y las zonas hinchadas y doloridas estuvieran muertas. Entré en un bar y vi a Meliveo sentado en una de las mesas del fondo, envuelto en la atmósfera densa y acogedora de aquel lugar, con la mirada perdida. Aunque Lola estaba a su lado, él parecía solo, sin nadie a su alrededor. Al acercarme, ella, después de mirar fijamente la herida de la nariz y el corte del labio, bebió un trago lento de su vaso, continuó moviendo la barbilla al ritmo de la música y ya no volvió a posar los ojos en mí. Meliveo, repentinamente animado, no pareció ver mis heridas, me sonrió con ironía y me invitó a sentarme. Permanecí de pie, me excusé y enseguida le pregunté si podía prestarme el coche hasta el día siguiente. Lola detuvo el compás de la cabeza. Meliveo me tendió las llaves y me sonrió, y sólo entonces, señalándome las heridas, preguntó qué me había pasado.

Antes de salir del bar, en el extremo de la barra que quedaba fuera del campo de visión de Meliveo y su amiga, pedí un coñac, y sin dejar que el camarero retirase la botella le ordené con un gesto que esperase. Bebí de un trago la copa y le indiqué que volviese a llenarla. Con la cara contraída por el escozor de la herida del labio, apuré la bebida en dos tragos y me marché.

El sabor del coñac se me mezcló en el paladar con el olor a gasolina del coche de Meliveo. Parecía que la combustión del motor se realizara bajo los asientos. Con la ventanilla abierta, dejando que el frío de la madrugada entrase en forma de vendaval, enfilé una avenida muy larga. Sin rumbo. Las luces de las farolas se reflejaban intermitentes en el parabrisas, alumbrando de forma esporádica mi rostro y las manos sobre el volante. Conducía a mucha velocidad, con prisa por llegar no sabía a dónde, impregnándome del olor a gasolina y sin ver otra cosa que líneas blancas dibujadas en el asfalto.

De pronto me encontré con el brillo de la noche reflejado en el mar. El horizonte no existía, el agua y el cielo se fundían en un gas negro a tan sólo unos metros de la orilla. Aminoré la velocidad y fui contemplando ese paisaje inescrutable hasta que un par de kilómetros después aparecieron las grúas del puerto y los cascos grises y negros de los buques, inmóviles, clavados en la tierra o en la profundidad del mar. Cada vez más despacio, seguí la carretera que marchaba pareja a la tapia del puerto hasta detenerme frente a una de sus entradas principales para de inmediato girar a la derecha y avanzar por las calles que conducían hacia La Bóveda.

Poco a poco, las callejuelas vacías dieron paso a otras en las que aparecían grupos de gente y bares abiertos. Los letreros luminosos le daban a las calles un aspecto irreal, el de una feria medio desmoronada en la que nadie se divertía. Un viejo bebía de una botella liada en papel de periódico, había grupos de marineros, una anciana jorobada, bocas que me hablaban mudas a través del cristal, un negro borracho caminando delante del coche y obligándome a seguir la lentitud de su marcha, mujeres apoyadas en la pared, las calles cruzándose, multiplicándose como los pasadizos de un laberinto hasta que dejé la estela lenta y zigzagueante del borracho y tomé una nueva calle, menos iluminada, que me llevó a la esquina frente a la que estaba el local donde hacía unas horas había visto a Amparo.

Sin parar el motor, detuve el coche y observé la entrada. Imaginé las paredes descarnadas, los ladrillos, los espejos oscuros y la luz azul flotando en el aire, la mesa de Medina detrás de la columna, Amparo caminando lentamente, desapareciendo con un hombre por la entrada de los reservados, seguida siempre por la mirada muerta y fría de Medina. Estuve observando aquella fachada no sé cuánto tiempo, con la mente libre de razonamientos y estrategias, sin sentir en ningún momento la tentación de entrar para saber si Amparo seguía allí o averiguar lo sucedido entre la Queca, Medina y ella. En mi interior había fijado esperar hasta la mañana siguiente, hasta la hora de la cita.

Decidí marcharme. Había pisado ya el pedal de embrague cuando sentí un golpe en el cristal de la ventanilla. Era una mujer muy joven, casi una adolescente que me sonrió con complicidad y, tambaleándose sobre los tacones de unos zapatos viejos y destartalados, retrocedió unos pasos y se subió con dificultad la falda, que apenas le cubría los muslos, hasta mostrarme el pubis desnudo. Doblando los tacones, volvió a avanzar hacia la ventanilla, moviendo rítmicamente las caderas en un círculo distorsionado hasta rozar su vello contra el cristal que había junto a mi cara. Solté el embrague y di una patada al acelerador, la joven dio un salto atrás, se golpeó contra la esquina y, haciendo equilibrio sobre los zapatos, corrió unos metros detrás del coche, gritando unas palabras que el ruido del motor, la velocidad y los gritos de la gente que cruzaba delante de mí, me impidieron oír.

Cuando al día siguiente acudí al lugar de la cita, lo hice con el convencimiento de que Amparo no estaría, de que ni aquella mañana, ni tal vez nunca, conseguiría encontrarla. Así que, al entrar en el bullicioso café y verla sentada en el fondo del local ante un pequeño velador de mármol, recreándome en su figura, me acerqué a la barra y, parapetado detrás de dos hombres, la estuve observando detenidamente. Su silueta estaba recortada contra una cristalera a través de la cual miraba pasar el flujo lento de los automóviles y la gente. El color negro de su melena, contrastando con la piel blanca del cuello y las mejillas, destacaba aún más a la luz del día. Unas gafas, también negras, le cubrían los ojos y me impedían conocer con exactitud el rumbo de su mirada, que yo adivinaba perdida, difuminada y borrosa mientras fumaba con calma, pasando la punta del cigarrillo por el borde de una taza vacía de café y abriendo ligeramente los labios para absorber un humo que dejaba escapar en bocanadas lentas. Llevaba una blusa negra con adornos amarillos y una falda también negra que dejaba ver la palidez de sus muslos. Parecía algo mayor, una mujer que ha pasado ya su primera juventud. Estaba ausente, lejos del bullicio que la rodeaba, nada la podía rozar ni afectarle como ocurría la primera vez que la había visto en aquel bar estrecho y desolado. Tuve miedo de tanta distancia, temí que de pronto aquella lejanía se convirtiera en algo real y yo no pudiese atravesarla, pero al caminar hacia ella y oír cómo le preguntaba a un camarero la hora, mi temor se disipó y supe que Amparo se encontraba a mi alcance, a unos pasos de mí, esperándome.

Me senté a su lado y a través del cristal oscuro de sus gafas noté cómo estuvo unos instantes mirando mi herida en la nariz y el corte del labio. Creí que iba a decir algo, pero se limitó a entornar los ojos y negar con la cabeza, a extender la mano y sacar un nuevo cigarrillo del paquete. Lo encendió con un movimiento rápido y brusco, y mientras expulsaba el humo con lentitud y de nuevo entornaba los ojos, aliviada de no se sabe qué dolor por aquella bocanada, me volvió a mirar. Llevé cuidadosamente los dedos hasta sus gafas y se las quité. Creo que nunca la vi tan bella, creo que si alguna vez fue bella fue en aquel instante, en aquella hora en que la luz del día iluminó su cara, los ojos amarillentos brillando, irreales, moteados de verde o azul, dos porcelanas caprichosamente coloreadas sobre aquel rostro blanco, los labios largos como piernas, tenuemente dibujados, contrastando con la lisura de la piel de las mejillas y los redondeados pómulos. Su voz, ronca como una ola que arrastrara algas y arena, me preguntó con mansedumbre si nos íbamos de allí.

Subimos al coche de Meliveo y sin apenas hablar salimos de la ciudad. Las vías de los trenes y un entramado de cables que las sobrevolaban nos separaban del mar, revuelto y gris. Parecía que viajásemos solos, cada uno en un coche, cada uno en una carretera y en un tiempo distintos, y que la ausencia, el aislamiento de Amparo que yo había vislumbrado en la cafetería, se fuese cuajando, haciéndose cada vez más denso. Pasados varios kilómetros, me pidió que parase al borde de la carretera, frente a un acantilado desde el que se dominaba la masa gris del mar. Me miró Amparo, los ojos ocultos tras el cristal de sus gafas, y con la punta de los dedos, muy suavemente, casi sin rozarla, me acarició la herida de la nariz, el perfil de los labios y el corte negro que los dividía. Abrió la ventanilla y dejó que el aire frío entrara en el coche, trayendo un lejano ruido de oleaje que era apagado por el sonido que los automóviles producían al pasar junto a nosotros, haciendo vibrar el diapasón invisible del aire.

Volvió a mirarme detenidamente la cara. La luz iluminaba en ese momento los cristales de sus gafas y yo podía ver con claridad el movimiento de sus ojos. Posando la vista en mis heridas, dijo, sin entonación de pregunta, La Queca. Volvió los ojos al mar y murmuró en voz baja, temiendo que alguien nos pudiera oír en medio de aquella soledad, La Queca está vengándose, quiere hacerle creer a Medina que me entendía con el Bizco. Y tras unos segundos de silencio añadió, Ángel está loco, se está volviendo loco, siempre allí, en aquella mesa en medio de la oscuridad. Medina se había convertido en un animal acosado que había perdido su influencia en el barrio y que en todas partes veía enemigos o gente que sonreía al verlo pasar. Amparo miraba el horizonte ofreciéndome apenas su perfil, la curva delicada del cuello, el aleteo suave de sus pestañas en la sombra del cristal oscuro de las gafas. Su voz volvió a sonar con una profundidad parecida a la que había tenido la madrugada en la que me había hablado de su pasado, aunque ahora no tenía aquella concentración que la otra vez le habían dado la oscuridad y la noche. Iba a hacer lo que yo le había pedido, dejaría a Medina, nos iríamos a otra ciudad. Contuve la respiración. Ven. Sólo veía su perfil esquinado, imperturbable, los labios moviéndose lentamente, hablándole al mar, a la bruma del horizonte. Ven. Decía que Medina nunca la comprendería, no la dejaría irse de su lado. Ven, ven aquí. Y, con una sonrisa irónica y muy triste, murmuró que a pesar de todo, Medina creía que ella le debía agradecimiento. Volvió a sonreír, ya sin ningún atisbo de ironía, sólo de tristeza, mientras con la punta de los dedos –la cicatriz azul perdiéndose bajo la uña– llevaba un mechón de su melena tras la oreja. Ven aquí, toca mi corazón. En ese momento, cuando el eco de su voz acababa de pronunciar aquellas palabras y con un movimiento pausado se quitó las gafas y dejó al descubierto sus ojos, supe que mi vida había llegado a uno de sus límites, a uno de esos vértices desde los que se puede mirar la lejanía del tiempo que queda atrás y que, después de muchos años, todavía ocultan con su sombra el camino que se ha de recorrer. El nuevo período se iniciaba con el brillo de aquella mirada, con aquel ligero parpadeo de pupilas amarillas, verdes o azules. Nos iríamos lejos de allí, lejos del mar. Al ver su perfil inmutable supe que ése era mi único destino, que cumplía algo semejante a una liturgia larga y meticulosamente preparada, destinada a unirme a aquella mujer, tan lejana como el propio horizonte. No tuve que pronunciar una sola de las palabras que cruzaban por mi cabeza, porque no acudían a mi boca y porque sabía que Amparo no las habría escuchado. Ella había decidido abandonar definitivamente a Medina y huir conmigo, quizá sin que yo mismo le importase ya.

Volvimos a la ciudad unas horas después, cuando la tarde de otoño comenzaba a llenarlo todo de sombras y el aire se ennegrecía en una especie de fermentación que cercaba cada vez más los puntos de luz. Dejé a Amparo en las proximidades del puerto y rápidamente la vi subir a un taxi que se perdió entre la caravana lenta de coches, camino de La Bóveda. Su perfil inalterable pasando a mi lado, como una efigie pobre de arcilla, quedó para siempre grabado en mi memoria, mirando al frente, a aquel marasmo de automóviles –la lejanía del mar todavía grabada en lo hondo de sus retinas– su mejilla lívida, los labios entreabiertos, como si en ellos se hubiera quedado una palabra sin pronunciar.

Me dirigí a casa de Meliveo, y cerca de su portal aparqué el coche. Dejé las llaves en el buzón de mi amigo y me fui rápidamente, temiendo encontrármelo. Tomé unas calles que alargaban mi camino pero que me aseguraban la soledad, la sensación de calma que anidaba en mi interior y que no quería ver perturbada por ningún motivo. Sólo deseaba oír el sonido de mis pasos y de mis pensamientos, construir en mi mente lo que serían las próximas horas, el día siguiente. Amparo iría a mi casa y antes de una semana nos marcharíamos de allí, nadie volvería a saber de nosotros, no dejaríamos el menor rastro, la más mínima huella, como si nunca hubiésemos existido.

A la mañana siguiente me levanté temprano. Aunque el día estaba cargado de nubes, había en él algo transparente, próximo a la alegría. Esa sensación se hizo más evidente al llegar al cine y entrar en la cabina de proyecciones. Como cada vez que trabajaba por la mañana, me costó habituarme al cambio de espacio y luces y tuve la impresión de que la pantalla no era más que un gran ventanal que daba a la luz del día. De vez en cuando bajaba al recibidor y miraba a través de la cristalera el movimiento, la luz de la calle, la gente que pasaba taciturna, mirando con desconfianza las nubes que se estiraban en el cielo. Todo transcurría al otro lado del mundo, en una dimensión extraña y distante. Imaginaba a Amparo en aquellos momentos, abriendo cajones y guardando cuidadosamente sus cosas en una bolsa de viaje, recorriendo por última vez con la mirada la habitación. Aunque podría haberme marchado del cine alegando cualquier excusa o simplemente adelantando mi inminente despido, prefería quedarme allí cumpliendo mi trabajo, dejando que los minutos rodaran con lentitud sobre sus ejes, tratando con sumo cuidado la maquinaria del proyector, como si fuese de cristal, uniendo meticulosamente la publicidad del mes siguiente al inmenso trébol sobre el plato, convencido de que aquellas máquinas que formaban parte de mí dejarían de funcionar cuando yo me alejara, cuando me fuese de la ciudad para no volver.

Al acabar mi turno era demasiado pronto para reunirme con Amparo, así que en el camino hasta mi casa me fui entreteniendo ante cualquier excusa, esperando el cambio de la luz del semáforo en una calle sin automóviles, parándome a mirar escaparates junto a los que había pasado todos los días sin haberlos visto nunca, acortando los pasos, perdiendo unos segundos que habrían cambiado el rumbo de mi vida. Pero el destino, o quien quiera que fuese, jugaba conmigo, sus designios estaban marcados al milímetro. De modo que me detuve en cada lugar los segundos precisos, caminé con el ritmo exacto para que todo encajara de forma puntual, Medina sacando su pistola de un cajón, Amparo subiendo las escaleras de La Estrella, el Ramó corriendo por los pasillos, la Queca y el gitano merodeando por el barrio, preguntando en las tiendas, a los conocidos, y yo dando tiempo para que todo fuera ensamblándose con la mayor sincronía posible, como empezó a demostrarse nada más llegar a mi casa, al abrir la puerta y ver aquella nota a mis pies.

Seguí el único camino que estaba a mi alcance, trazado desde el instante en que por primera vez vi a Amparo, o desde antes, desde el momento que abrí los ojos a la luz del mundo o desde la noche helada en la que fui engendrado. Sin acabar de cerrar la puerta, recogí el papel que habían echado por debajo. Me alarmé al ver que la nota empezaba con el nombre de Amparo. La leí varias veces, intentando extraer alguna información mayor que la de las palabras allí escritas, que, con una concisión abominable, sólo me anunciaban que Amparo no podía reunirse conmigo. En una esquina había un garabato, Rané, Ramí, Ramó. El Ramó. Sonó el teléfono, fui hacia él con la certeza de que era Amparo y con el temor que me había producido la nota ya casi extinguido. Al coger el auricular, la voz de Amparo que yo esperaba oír se convirtió en un crepitar y después en el tono pastoso de Meliveo. Colgué sin acabar de oír lo que me decía.

Estuve unos segundos mirando el auricular hasta que volvió a sonar. Fui hasta el balcón, la lejanía del mar, edificios como rostros inescrutables, la tarde cerrándose sobre ellos, una bruma fría apareciendo por el horizonte. Algo crecía dentro de mí, un minúsculo monstruo sin ojos que empezaba a trepar pecho arriba. El teléfono dejó de sonar y yo me alejé del balcón, muy despacio, conteniendo las ideas que cruzaban por mi cabeza y amenazaban derramarse al menor movimiento. Fui hacia la puerta, caminando cada vez con mayor seguridad. Con las ideas asentándose, calando en mi cerebro, bajé las escaleras cada vez más deprisa hasta salir corriendo a la calle, donde subí precipitadamente a un taxi.

Las calles que iban al barrio del puerto tenían un tráfico lento, y nada más entrar en el coche me sentí atrapado, como si me hubieran vendado los ojos y atado las manos. Permanecí en el asiento dejando que la única idea que ocupara mi mente fuese la del taxi saliendo de aquella aglomeración de coches estancados. Una lluvia lenta comenzó a caer sin ruido, una especie de baba incolora que se derramaba sobre el asfalto y chorreaba por los cristales de los automóviles. Bajé del taxi en un semáforo interminable en las inmediaciones del puerto, cuando la lluvia aumentaba su ritmo y todo, árboles, gente y edificios, envuelto en la primera penumbra de la tarde, parecía a punto de desvanecerse. Mientras las luces eléctricas empezaban a resplandecer con un aire fúnebre contra el cielo y las gotas de lluvia eran iluminadas en su caída como pequeñas bolas de cristal, yo continué el camino hacia el centro de La Bóveda. Finalmente, después de recorrer unas calles desconocidas, pude ver a lo lejos el letrero sin luz y medio descolgado de La Estrella.

A medida que me acercaba al viejo edificio,

aminoraba la marcha y, aunque había dejado de llover, yo seguía caminando pegado a la pared, arañando la cazadora contra los desconchones. Entré en el portal y tanteé el olor de la penumbra hasta encontrar el pasamanos de la escalera. En el rellano del tercer piso vi el recuadro con el nombre de la pensión y bajo él la flecha que apuntaba hacia el pasillo, que me pareció más largo y estrecho que la otra vez. Después de un giro a la derecha encontré la sala con el pequeño mostrador y el casillero de las llaves. Bajo él una pequeña lámpara temblando. Golpeé los nudillos sobre el mostrador. Nadie acudió.

A un lado de la sala había una puerta de cristales esmerilados que daba a un corredor oscuro, dividido en dos alas y con puertas a ambos lados. Entré en él y di unos pasos hacia la derecha, preguntando en voz alta si había alguien. Cuando ya casi había llegado al final, del otro extremo surgió una voz. Me volví y sólo vi oscuridad, aunque al instante una silueta menuda avanzó un poco hacia el centro del pasillo, acercándose a la puerta de los cristales, donde el reflejo de la recepción y el gemido de sus pasos me permitieron identificar al Ramó. Fui hacia él, y antes de llegar a su lado le anuncié que buscaba a Amparo. Me miró con sus ojos desconfiados y pareció no reconocerme, pero al cabo de un momento asintió con una expresión de desengaño y me apartó de la claridad que llegaba de la sala contigua. Inclinándome hacia él, le pregunté qué había ocurrido con Amparo, si estaba en una de aquellas habitaciones. Negó con un gesto, y después dijo que Amparo se había ido. Medina se había enterado de que iba a dejarlo y la Queca y él andaban buscándola.

El Ramó hablaba entre susurros, dejando escapar con la voz un aliento fétido. Amparo estaba asustada, después de llevar unas horas encerrada en una habitación de aquel pasillo se había ido de la pensión temiendo que la encontraran, él mismo había dejado una nota en mi casa y después había estado llamándome por teléfono para advertirme que no apareciese por La Bóveda. Cada vez hablaba más fuerte el Ramó, espoleado por el odio o el miedo. Dijo que Amparo estaba esperándome en el puerto, en un almacén abandonado al final de los muelles de Poniente. Me cogió del brazo y, mirándome fijamente con aquellos ojos medio transparentes, murmuró, Sácala de aquí, por tus huevos, llévatela lejos, esta noche.

Me di la vuelta, salí al recibidor y, en el pasillo que venía de la calle, creí ver el movimiento veloz de una sombra. Pensé que se trataba de un efecto óptico por el cambio de luz, pero cuando el Ramó me cogió del brazo y me detuvo, comprendí que realmente alguien se había escondido en aquel pasillo y, ahora, muy despacio, se asomaba de nuevo. Al vernos parados y expectantes, la persona oculta se supo descubierta. Alto y escuálido, con aspecto indefenso y miserable, Medina salió de la penumbra y entró muy despacio en la zona de luz amarilla y fúnebre de la recepción.

No me habría movido de no ser por el tirón del brazo que me devolvió al interior oscuro del pasillo y por el empujón que el Ramó me dio para que empezara a correr a su lado, tropezando en la oscuridad y golpeándonos contra las paredes, a punto de caer un par de veces. La silueta de Medina apareció en el umbral de la puerta de cristales esmerilados. Un estampido seco envolviéndolo todo, los dos chocando contra la puerta del fondo y el Ramó ante ella dándole vueltas a un manojo de llaves. Se oyeron voces detrás de algunas puertas. Sonó otra detonación y sólo al oír al Ramó decir, Hijoputa, nos mata, comprendí, todavía sin estar convencido, que los estampidos eran disparos.

El Ramó introdujo una de las llaves en la cerradura y abrió la puerta, entramos atropelladamente, cerré de una patada. Mientras el Ramó se abalanzaba hacia un viejo armario, me señaló el pequeño balcón por el que entraba el resplandor de la calle. Por ahí, por ahí, al otro balcón, salta, me dijo sacando del armario un bulto alargado envuelto en papeles y trapos viejos. En la puerta se oyeron golpes y, amortiguado por ella, otro disparo, esta vez mucho menos sonoro, sin la resonancia que le habían dado a los anteriores la bóveda del pasillo y la oscuridad. Sin tener la menor confianza en mis movimientos salí al balcón y pasé una pierna sobre la baranda mojada y fría. Vi al Ramó manipular aquel bulto, muy nervioso, demasiado lento, hasta que de entre los trapos sacó una escopeta de culata y cañones recortados.

Con alguno de aquellos jirones de tela todavía colgando del arma, apuntó a la puerta y, con una sonrisa iluminada, Hijoputa, disparó. Aquella especie de explosión que astilló la madera de la puerta y que estuvo a punto de hacerme perder el equilibrio, levantó no sé si en mis oídos o en la realidad, un bullicio de gritos, de jadeos, de palabras sueltas e inconexas que me llegaban entrecortadas, y entonces vi mi pie palpando el vacío, tocando la baranda de al lado, la cara desencajada y sonriente del Ramó pidiéndome rapidez, el corazón dejándome de latir al dar el paso en el aire y saltar al otro balcón, la mano extendida del Ramó dándome la escopeta mientras él volaba en el vacío con sus botas y cruzaba con agilidad la barandilla del balcón en el que yo lo esperaba.

Volviendo a coger la escopeta, el Ramó abrió de un golpe los postigos del balcón al que habíamos saltado, entramos en un cuarto oscuro, lo cruzamos a toda velocidad y salimos a un corredor que nos condujo a una cocina vieja y destartalada, con las paredes combadas y a punto de derrumbarse, y de allí pasamos a un recibidor en penumbra. Mientras yo abría la puerta y el Ramó miraba a todos lados, me pareció oír la voz de un niño, unos pasos, pero ya salíamos de la casa, atravesábamos el rellano y corríamos escaleras abajo, haciendo retumbar los peldaños y temblar las paredes. El Ramó iba delante, saltando al final de cada tramo. Yo intentaba tragar un poco de aire. Un escozor, un dolor sordo me subía de los pulmones a la garganta. Al llegar al portal nos detuvimos unos segundos en la oscuridad. Yo ni siquiera sabía si era el mismo portal de la pensión o si por los balcones habíamos pasado a otro edificio. El Ramó tenía una expresión desencajada, de loco, que se hizo evidente al asomarse a la calle y recibir en su cara la luz eléctrica de las farolas. Al verlo pensé que mi rostro debía de tener un gesto parecido tensándome las mejillas, abriéndome la boca en busca de oxígeno. Estuvimos unos instantes allí detenidos, sopesando la aparente calma de la calle hasta que finalmente, después de asomarse dos o tres veces, el Ramó me hizo una señal y salimos.

Las aceras se habían llenado de gente que, sin llegar a la densidad que cobraría horas más tarde, comenzaba a darle vida al barrio. Caminamos deprisa, dando alguna carrera corta y mirando hacia atrás, el Ramó con la escopeta extendida a lo largo de su cuerpo, como si fuese una prolongación de su menudo brazo. Miraba a todos lados y cada cuatro o cinco pasos paraba la vista en mí. Doblamos un par de esquinas y enfilamos una calle algo más bulliciosa. Íbamos por la calzada, pegados a la fila de coches aparcados junto a la acera, cruzándonos con algunas personas que miraban con asombro al Ramó.

Al fondo de la calle, avanzando hacia nosotros, apareció un coche plateado. La decisión con la que el Ramó continuó andando me hizo descartar la posibilidad de que se tratase de Medina, y seguimos caminando derechos hacia él, deprisa, aunque yo, al ver detenerse el automóvil, aminoré la velocidad. Llamé al Ramó, me miró desconcertado, una puerta del coche se abrió, me detuve y grité, la cabeza de Medina asomó por encima de la puerta. Al verlo, el Ramó dio la vuelta rápidamente, resbaló, y sin llegar a caer del todo, golpeándose la rodilla contra los adoquines y apoyando en el suelo la escopeta –lo vi muerto– comenzó a correr en sentido contrario al que llevábamos. Yo me aparté de la calzada, crucé entre los coches aparcados y corrí por la acera. El Ramó se quedaba como blanco más fácil. A los pocos segundos oí una detonación, volví la cara y vi a Medina corriendo detrás de nosotros, el dibujo negro de la pistola agitándose en su mano. Todo era un torbellino vertiginoso, yo sorteaba gente a toda velocidad, esquivaba obstáculos y salvaba caídas que eran inminentes, entreveía rostros que me miraban con espanto o con una sonrisa desencajada, gente que se refugiaba en los portales o se agachaba tras los automóviles, y cuanto más rápido corría, más lento parecía suceder todo. Volví a escuchar un disparo y tuve la impresión de que una bala, una vibración seca y caliente, había pasado a unos centímetros de mí, por un instante creí que me fallarían las fuerzas, que una herida haría aparición por cualquier parte de mi cuerpo. El Ramó, que seguía corriendo por el centro de la calzada, empezaba a perder terreno. A unos metros teníamos una esquina, miré al Ramó y vi su cara crispada, los ojos cerrados, creo que entonces oí el disparo que lo alcanzó. En medio de la carrera perdió el control de sus piernas y se estrelló violentamente contra uno de los coches aparcados, del que rebotó con estrépito metálico, y, con unos pasos zigzagueantes –sus botas de agua–, todavía corriendo, cruzó en diagonal la calzada y fue a chocar contra la pared de enfrente. Mientras caía, con la espalda apoyada en la pared y los ojos sin mirada, dejando unas manchas oscuras en los desconchones, levantó la escopeta, miró a Medina, que se acercaba corriendo, y cuando ya estaba sentado en el suelo, apenas sin fuerza, intentó levantar los cañones y apuntarle. Pero, ya con los ojos vueltos, sólo alcanzó a disparar contra la puerta de un coche y la escopeta saltó de su mano golpeándole la cara con la violencia del retroceso.

Sin mirar atrás, emprendí de nuevo mi carrera. En realidad no puedo precisar si me detuve y vi disparar al Ramó o si todo aquello, su carrera en zigzag, la detonación de la escopeta y los cristales del coche volando por los aires, fue mezcla de la imaginación y de una mirada fugaz echada atrás mientras seguía corriendo. Después de haber doblado la esquina, corrí sin saber qué calles atravesaba, desviándome en cada cruce, procurando mezclarme con la gente, viendo rostros y oyendo palabras perdidas que iba dejando atrás, y a cada momento creía oír un nuevo disparo a mi espalda, un nuevo zumbido pasando junto a mí.

A pesar de la desorientación, de la rapidez con la que tomaba decisiones y del entramado de las calles, procuraba que mi carrera llevase una dirección determinada, la que salía de La Bóveda hacia el puerto. Al cabo de no sé cuántos minutos, sin dejar de correr, en medio de una calle vacía y oscura, miré atrás. Nadie parecía seguirme, disminuí la velocidad de la carrera y volví a mirar: nadie, ni una sombra, ni siquiera el eco de una voz o de unos pasos. Sentí entonces de golpe la asfixia, los bronquios se me obturaron repentinamente y la espalda se me empapó en sudor. El corazón se me había roto en pedazos durante la carrera y me latía ahora desperdigado por mi cuerpo con unos espasmos alocados. Aun así, no me detuve, seguí caminando deprisa en la misma dirección, mirando a todos lados, acelerando el paso con carreras intermitentes, oyendo disparos que no existían.

Al llegar a la primera avenida, andando apresuradamente bajo los árboles inmensos, pegado siempre a la pared, continué escuchando aquellas detonaciones que surgían de los bares que iba dejando a mi paso, de un claxon o de cualquier punto de la calle. Miraba los rostros con los que me cruzaba y los coches que atravesaban la avenida, conteniendo la respiración cuando los faros dejaban de deslumbrarme y veía acercarse algún automóvil plateado.

Crucé entre el río lento del tráfico y llegué a la tapia del puerto, que se perdía a lo largo de una inmensa avenida. Mis pasos parecían incapaces de hacerme avanzar a través de aquella vía interminable, y a la vez que me afanaba por llegar cuanto antes a su final, intentaba situar en mi mente el lugar en el que podía encontrarse el almacén indicado por el Ramó. Sentía un remordimiento sordo por no haberme detenido nunca a pensar dónde estaba aquel edificio cuando Amparo me había hablado de él, por no haberle preguntado, ni siquiera imaginado, en qué parte del puerto estaba. Temía que Medina hubiese oído lo que el Ramó me había dicho en el pasillo de la pensión, y aunque a veces descartaba esa posibilidad, otras tenía la certeza de que lo había escuchado todo. El temor se acrecentaba cuando a través de las rejas veía el puerto, un gran túnel en cuyos primeros metros iban a morir las luces de la calle, una inmensa bóveda negra en la que brillaban unos focos moribundos que apenas insinuaban el perfil de unos buques enormes, estructuras de acero, puentes y grúas que se ocultaban en las sombras.

La tapia y la acera bajo los árboles, desierta e inacabable, el rostro de Amparo, rubia, la primera vez que la vi, sus ojos, la sonrisa turbia. El murmullo de la ciudad me recordaba la respiración de un enfermo, los coches pasaban por mi lado con la lentitud de un río de lava que arrastrara trozos de metal y vidrio. Al llegar al final de la avenida me adentré en un carril oscuro y mal asfaltado que me llevó hasta un puente metálico. La noche se había hecho densa y una vez atravesado el puente, ya del todo alejado del resplandor de la avenida y de los faros de los coches, apenas pude distinguir nada en aquel camino de aceras socavadas y tinieblas en el que podía oírse el latido del silencio y el ahogo de mi respiración.

Me encontré ante una barrera de rocas blancuzcas y caminé junto a ellas, bordeándolas. Aunque intuía que me encontraba cerca de la pequeña playa y del almacén, en realidad no sabía la distancia que podía separarme de ese lugar ni si seguía el camino adecuado. Oí un rumor leve, el suelo pareció vibrar, y entonces noté en mi cara unas gotas cálidas, la lluvia comenzaba a caer de nuevo, invisible y mansa. A medida que avanzaba, su rumor, que en medio de aquel silencio encerraba jadeos, pasos y susurros, subía de tono, crecía a mi alrededor. Aunque ya pensaba que aquella búsqueda era inútil, que nunca podría encontrar nada en aquel lugar ciego y vacío, continuaba andando, interrumpiendo el avance a cada momento para meterme entre la barrera de rocas e intentar divisar bajo la lluvia algún edificio abandonado. Hasta que, en una de aquellas incursiones por en medio de las piedras, me encontré en un promontorio bajo el que se extendía un muelle.

En un extremo de aquella inmensa explanada, casi confundida en la lejanía con los cascos negros de los buques y los armazones desguazados que se amontonaban a su alrededor, vi la techumbre oscura de un caserón. Avancé un poco y de pronto, iluminada por los faros de un coche y por unas ráfagas celestes, la fachada del edificio emergió de la negrura. Quise ver con claridad a través de la distancia, pero la lluvia y la noche se aliaban para enturbiarlo todo. Con la mayor serenidad que en ese momento me era posible, comencé a bajar una resbaladiza rampa hacia la explanada, casi sentado, arrastrando las manos por la piedra mojada y lisa.

Al llegar abajo, pisando ya la superficie del muelle, volví a mirar en dirección al edificio abandonado. El automóvil que tenía los faros encendidos y la luz girando en el techo se había detenido. A su lado, apenas alumbrado por el reflejo de los focos, distinguí otro coche, de forma parecida al de Medina. Una nube negra me creció en el pecho, un hongo atómico que lentamente expandió su radiactividad por mis huesos, silenciosa, devastadora. Empecé a andar muy despacio, con la sensación de que la sangre manaba por los poros de mi piel y me mojaba todo el cuerpo, confundida con la lluvia y el sudor.

Hasta ese momento no había pensado en Amparo, y entonces, cuando su rostro acudió a mi mente, la vi ajena a todo aquello, y, como si yo verdaderamente anduviera por allí por un motivo con el que ella nada tuviese que ver, intenté apartarla de mi mente. Debía limitarme a caminar hacia el viejo edificio y el resplandor del coche de policía, sin pensar en nada, sin responder a aquella idea negra y ponzoñosa que me rozó un instante con sus carcomidas uñas cuando tuve la certeza de que el automóvil que se encontraba atravesado delante del almacén era el de Medina.

Seguí el ritmo de mis pasos, me acordé del Ramó, la escopeta saltando de su mano, golpeándole la cara. Trataba de observar con una falsa indiferencia la oscuridad de las aguas, los barcos cubiertos de óxido que respiraban profundamente en el borde de los muelles, la bóveda del cielo que se encogía y dilataba con su pulso lento. Surgiendo de mi espalda, aparecieron unos reflejos morados y una luz blanca que iluminó las gotas de lluvia y las hélices y los restos de metal que había por allí esparcidos. Miré atrás y vi un coche de policía que se acercaba sin hacer ningún ruido, ocultando su sonido en el murmullo de la lluvia. Sólo al rebasarme percibí fugazmente el ronquido de su motor, el rumor de las ruedas en el agua. Y otra vez la idea enferma pasó por mi mente igual que una navaja muy afilada que dividiera mi cerebro en dos.

El coche de policía se detuvo al final de la explanada, entre el otro automóvil y el de Medina, y unas siluetas cruzaron ante sus faros con una carrera silenciosa y lenta, arrastrando tras de sí unas sombras alargadas y deformes que no se correspondían con las formas ni los movimientos de los cuerpos que las producían. Y de nuevo oí la voz ahogada, el aliento fétido del Ramó rozándome la oreja, lo vi cayendo contra la pared, el regate de sus botas, los ojos vacíos. Sentí más vivo que un rato antes el vértigo al volar de un balcón a otro y por unos instantes tuve la impresión de que el muelle se abría bajo mis pies. La lluvia amainaba, como si ya hubiera cumplido su misión, y del edificio, ya cercano, me empezaban a llegar algunas voces, palabras sueltas que se perdían en la noche.

Otro automóvil, con una luz azul en una esquina del techo, pasó por mi lado salpicándome y se detuvo delante del portón del almacén. Nuevas siluetas, de las que ya casi distinguía los rostros, pasaron ante los faros encendidos y se acercaron al viejo barracón. Parecían figuras atravesando el haz luminoso de un proyector, moviéndose de forma artificial sobre un decorado mal iluminado, veinticuatro imágenes por segundo, veintisiete metros por minuto, pura pantomima, puro engaño y traición de los sentidos. Empujaron la puerta grande y herrumbrosa que había en el centro de la fachada y la hicieron correr dificultosamente sobre un pequeño raíl obstruido por años de suciedad y óxido. Sombras salidas de no se sabía dónde comenzaban a formar un reducido y expectante corro de susurros alrededor de los coches y de la puerta del barracón, y, por debajo de mi voluntad, sin que yo quisiera prestarle atención, la radiactividad, o lo que fuese, continuaba expandiéndose por mis músculos, corrompiéndolos dulcemente, debilitándolos, destruyéndolos. Todo me llegaba de lejos, sólo un olor a aceite crudo era percibido con nitidez, flotando en la noche, fuerte y amargo.

Llegué hasta la espalda de la gente que formaba la pequeña barrera, estibadores, marineros y policías, vi la sonrisa de uno de ellos, rota de dientes y saliva. Las palabras de las personas que salían del portón pasaron de boca en boca en el corro, inaudibles para mí, convertidas en vaho y en sonidos deformados, como los de un sueño en el que todo nos llega a través de un cristal que deja enmudecido al mundo. Crucé la vista con algunos de los marineros, quizá intenté dibujar una sonrisa. Miré la fachada del almacén, los huidizos haces de las linternas que asomaban por el portón y por una ventana del piso superior. Las voces se iban transformando en un zumbido, en el aleteo de un gran pájaro que sobrevolaba la noche. El bisturí cortaba mis tendones, las venas de plástico. Ruedas, ejes. La voz de Amparo. La luz del proyector flotando en la sala. El humo desapareciendo en sus labios. Yo mirando mi vida como un espectador más, ajeno a ella. Todo mentira. Las palabras de los marineros, las órdenes de los policías y las interferencias y los gemidos de sus radios. Todo mentira, imágenes. Y la radiactividad, el veneno, desmenuzando mi carne. Vi claro, vi el automóvil plateado atravesando el muelle, sus faros iluminando los cascos oxidados de los barcos y la lluvia. La voz, la cuchilla en mi cerebro. Vi, vi los ojos asustados de Amparo mirando por la ventana del piso superior, las pupilas dilatadas por el miedo y la noche siguiendo la trayectoria del coche que a gran velocidad se acercaba al almacén brillando turbiamente en medio de la lluvia. Oí, como ella misma debió de oírlos, los pasos de Amparo apartándose de la ventana, su carrera a través de la oscuridad, el frenazo sonoro delante de la fachada, Amparo bajando apresuradamente la escalera de caracol, y al llegar a la planta baja, mientras caminaba de puntillas hacia la puerta trasera, escuchó los pasos que corrían al otro lado de la pared, rodeando el barracón, y entonces se sintió atrapada, sin tiempo para llegar a la puerta y huir entre las rocas, se detuvo y, lentamente, empezó a caminar hacia atrás con los ojos fijos en la luz tenue que se filtraba a través de los huecos y de las ranuras que rodeaban la puerta, después de unos instantes de silencio en los que sólo se escuchó el batir de las olas contra las rocas, aquellas líneas de luz se partieron dejando entrever el movimiento de una sombra, corrió

hacia la escalera, se oyeron unos ruidos, un for-
cejeo en la puerta, y tras ellos se produjo el primer disparo, un silbido que pareció ir y volver,
renacer en la oscuridad y pasar junto a Amparo,
que, con un temblor helado, sin pulso ni sangre
en las venas, subió veloz y atropellada la escalera de caracol, y entonces vino el primer grito, la
primera amenaza de Medina, la puerta abierta
bruscamente, los pies de Amparo en la madera
carcomida del piso, pasos mullidos y cautelosos
que Medina escucharía sobre su cabeza, y hubo
un nuevo disparo, que al atravesar el suelo junto a Amparo arrastró un grito ahogado de ella,
un susurro, y caminó en silencio entre los muebles desperdigados, desprendiéndose del único
zapato que le quedaba después de la carrera, dirigiéndose hacia la ventana que daba sobre el
muelle, sus manos tirando sin apenas fuerza de
los barrotes oxidados, la piel blanca de sus dedos
manchada de orín, su cicatriz, los pasos de Medina detenidos al pie de la escalera, un sonido
seco y metálico que Amparo nunca había escuchado pero que identificó claramente como el
del cargador de la pistola, unos segundos de silencio, todo paralizado, inmóvil, sólo se oía la
lluvia hurgando en el tejado del almacén y el
oleaje entre las rocas con su ruido de sumidero,
un vaivén cadencioso que parecía inundar el piso
de abajo, el crujido metálico de la escalera rompiendo el silencio, las pupilas de Amparo dilatadas, el temblor de sus dedos tanteando a su alre-

dedor en busca de un objeto contundente, sus labios estremecidos dudando hasta el último instante pronunciar alguna palabra conciliadora, se sintió la cara mojada, se llevó la mano a la frente y allí, donde comenzaba a crecer el pelo, notó una hendidura, un desgarro que debió de producirle el disparo que unos segundos antes, o unos minutos, había atravesado el suelo, y al notarse los dedos mojados de sangre tuvo miedo y sintió que la muerte se estaba cuajando en su interior, que lo que podía ocurrirle no dependía de aquel jadeo que subía por la escalera haciendo crujir los peldaños, sino de ella misma, pensó que la muerte podía venir de dentro, de un fluido gaseoso que se expandía por sus venas y las emponzoñaba, volvió a mirar entre los cristales rotos de la ventana y a lo lejos vio una luz desgajada de las infinitas que dibujaban la ciudad y los barcos, los faros de un coche y los destellos de una luz celeste que se aproximaban desde el otro extremo del muelle, todavía muy lentamente, naciendo de la neblina y de la lluvia, y como si en vez de ella fuera Medina quien hubiese visto esa imagen y supiera que su tiempo estaba contado, volvió a oírse su voz, un grito, y al momento una nueva detonación, un disparo que atravesó la oscuridad sin saberse en qué dirección y que arrancó un gemido de la garganta de Amparo, un sollozo que sirvió para que Medina la situara en la penumbra, al saberse descubierta se agachó, se sentó en el suelo e intentó ocultarse, pero el llanto contenido, el roce de su cuerpo contra la pared la delataron, el reflejo turbio que entraba por la ventana acabó de dibujar confusamente su silueta para Medina, que, ya con la cabeza asomada por el hueco de la escalera, volvía a gritar y a reír, Amparo temía que de entre los gritos y las falsas carcajadas brotara un nuevo disparo, la oscuridad era la boca negra de una pistola apuntando a todas las partes de su cuerpo a la vez, temblando, aferrándose a sus palabras como a un hilo del que colgara en el vacío, suplicó –su voz, el humo, los labios–, y tuvo un atisbo de esperanza cuando oyó que a Medina se le entrecortaba la voz, y ella, vislumbrando la confusa figura que al fondo, entre los muebles y las cajas, se había detenido en el hueco de la escalera, intentó entregarse a él, no trataba de engañarlo, no pretendía que el tiempo transcurriese y el coche con la sirena pudiera llegar, sino que realmente tenía la intención ciega de cumplir todo lo que prometía, de no separarse nunca más de él, de quererlo, porque él era su vida, y Medina murmuraba silencioso, las palabras de los dos se cruzaban, cada uno siguiendo sus propios argumentos, como si la falta de luz les impidiera oírse y se llamaran a ciegas, perdidos, lejos el uno del otro, y el débil aliento de la esperanza se hizo real cuando se oyó un coche frenar bajo la ventana y unas voces, y un reflejo parpadeante y celeste iluminó la silueta de Medina al fondo, con la cabeza y el torso asomando por el hueco de la

escalera como si fuese la mitad de un maniquí
flotando en un pozo, y al siguiente parpadeo de
luz la silueta había subido un peldaño más, miraba a Amparo y volvía a hablar, y por la ventana, rompiendo el susurro de la lluvia y del oleaje, se oían voces, golpes en el portón de abajo,
Medina murmuraba una queja, un reproche, las
lágrimas surgían de los ojos de Amparo en silencio, con la misma facilidad con la que brota el
sudor o en la noche caían las gotas de lluvia, y
mientras, sin alzar la voz, murmuraba a quienes
golpeaban abajo que la puerta de atrás estaba
abierta, y ante la voz apenada y sorda de Medina, que le pedía silencio, ella, olvidada de las pro-
mesas que había hecho unos segundos antes,
pronunció cada vez en voz más alta, Atrás, está
abierta, está abierta, y en ese momento Amparo
creyó que con una patada –un estampido– Medina le golpeaba el cuello y le lanzaba la cabeza
contra la pared, pero cuando fue a hablar para
decir de nuevo, Está abierta, sintió una quema-
dura en la garganta, un sabor a sangre en la boca
y un nudo doloroso y negro en el cuello, y al
comprender que la había alcanzado un disparo,
después de un instante de incredulidad, de pensar que quizá la herida fuese leve, sintió un miedo nuevo, puro, creyó levantarse, correr a través
de la oscuridad y rodar por la escalera, pero en
realidad apenas se movió, miró la silueta de An-
gel y ya sin voz, con un nuevo latido de aquel
miedo que acababa de percibir, para comprobar

si todo era verdad, casi con una sonrisa, volvió a mover los labios intentando decir, Abierta, y notó cómo la sangre bajaba pegajosa por su pecho y que la garganta no era suya, sintió repugnancia, una nueva oleada de miedo, más intenso, transparente y devastador, vio un fogonazo y escuchó un disparo, un golpe seco que le dobló la cintura y le quemó el interior del estómago, la espalda, empezó a sumergirse Amparo en un vértigo lento que no podían romper los murmullos ni los gemidos de Medina, nuevos golpes en el portón y voces, el rezo de Medina, que se arrodillaba a su lado, su aliento amargo mezclado con el olor de la sangre, sus palabras balbuceadas que parecían pedir perdón pero que continuaban amenazándola, insultándola, y Amparo, estrábica, sin ni siquiera poder enderezar los ojos, intentaba ponerse derecha, doblar el cuello y ver por la ventana el cielo y las luces de la ciudad, pero su cuerpo no le obedecía y, alumbrado por el parpadeo azul de la policía, sólo alcanzó a ver la cara de Medina, el brillo de sus ojos, que pronto volvió a perderse en la sombra, y sintió los dedos de él en su cadera, y también notó el roce caliente y duro de la pistola, y los labios de Medina que ya no pronunciaban ninguna palabra, que se movían en un bisbiseo silencioso y se acercaban y besaban los suyos, saliva y sangre, y entre el pecho de él y el suyo volvió a sonar un trueno y sintió que la aupaban y la clavaban en la pared con un hierro negro y candente, y ya todo fue una oscuridad mucho más espesa, una oscuridad que también se tragaba los sonidos y las voces, los golpes que llegaban de abajo y los pasos que corrían hacia la escalera, el llanto de Medina y nuevos disparos que apenas estremecieron su cuerpo y que se hacían casi inaudibles, lejanos, como un hilo de agua cayendo por la pared, como el suave golpear de una gota de lluvia contra los cristales rotos de la ventana, un silbido perdiéndose en el corazón de las tinieblas.

Cansado, cansado pero con un fondo de energía que amenazaba ser inextinguible, atravesé la ciudad, que parecía otra, extraña, con calles y edificios que yo nunca había visto, sumida entera en aquel hedor a aceite crudo y a animal desollado, igual que olía la noche de tormenta en la que perseguí la sombra de Amparo por las callejuelas del puerto, igual que olía el portal de La Estrella, el descampado en el que aullaban los perros entre los coches abandonados o la piel de Amparo. Como un vagabundo. Cansado. Caminé perdido en los caminos que mil veces había recorrido. Asomado a la ventana de este paisaje de niebla helada y gris, vuelvo a oír palabras, la voz, y por mi mente vuelve a asomar el filo de aquella idea negra y la sensación de estar minado por la radiactividad, aunque ya sin fuerza, convertida a través del tiempo en una brasa venenosa y casi extinguida que sólo alcanza a desprender una tibieza enferma en mi interior, un flujo sordo que emponzoña y amarga los recuerdos.

De nuevo veo rostros mojados por la lluvia que, sin apartar la mirada de las ventanas del almacén, a veces alumbradas por el resplandor fugaz de una linterna, hablan con indiferencia a sus vecinos, sin mirarlos. Vuelvo a oír aquellas palabras, una muchacha, tiros, la policía, muerta, una puta, una muchacha muerta, sombras, labios. Y el silencio, aquel silencio que era el frío de una navaja, un escalpelo que abría mi piel y ahondaba sin dolor en los músculos, como si entrara en la carne blanca de un cerdo lavado en agua hirviendo.

Mientras estuve allí, yo mismo fui una sombra en medio de esa lluvia que no era más que un polvo húmedo oscilando en el aire. Vi sombras salir del almacén. Vi a Medina, a quien entonces había supuesto muerto por una de sus propias balas o por la policía. Y al acercarse, humilde, desvalido, vi su cara, aquellas facciones manchadas de sangre y transfiguradas por el contacto con la muerte, enaltecidas y envilecidas al mismo tiempo. Aquél era el rostro de mi destino, el de mi verdugo. La expresión vacía, los ojos verdosos y húmedos, escondiendo toda aquella podredumbre de la que Amparo me había hablado tras unas pupilas que aparecían licuadas a causa de un miedo que entonces empezaba a cavar sus cimientos, semejante al que a mí me circulaba por la sangre. No era miedo a la policía ni a los años de prisión ni a la miseria, sino al vacío. Parecía que Medina todavía estuviese viendo la cara de

Amparo, unos ojos turbios, los pétalos suaves de unos labios, unos rasgos que se irían afirmando, devorándonos por dentro, ahondando cada vez más, siguiendo un impulso que venía lanzado y que continuaría su trayectoria más allá de la muerte.

A partir de entonces cualquier recuerdo estaría amenazado por el dolor, como si la memoria entera fuese un pantano del que sólo se pudieran extraer imágenes dolorosas, más inquietantes y menos deseadas cuanto más próximas estuviesen a Amparo, a su nombre, a una voz que siguió vibrando en los oídos a través del tiempo, cruzando los sueños y las noches de vigilia, deslizándose por las baldosas de una habitación en penumbra con el sigilo de un reptil. Ése era el temor que vi en los ojos de Medina y que inmediatamente reconocí como propio, igual que si me hubiera asomado a un espejo y en él viese los ojos sin vida de Medina incrustados en mi cara. Quizá fuese ese miedo que él y yo compartíamos lo que me dejó inmóvil, lo que me impidió sentir odio o repulsión hacia aquel hombre que caminaba dormido, sin voluntad, y que en nada se parecía al ser frío y oscuro del que Amparo me había hablado, no sé si mudado por el abandono, por el roce de la muerte o porque todo lo que yo había oído sobre él formaba parte de una farsa.

Cuando acababan de introducir a Medina en un coche que al instante partió lanzando destellos azules, un nuevo grupo de personas apareció en el portón del almacén. Una camilla, sostenida por manos invisibles, flotaba entre aquellos hombres. El impulso que me hizo avanzar hacia ellos desapareció al ver la lona que cubría un cuerpo que yo no podía identificar como el de Amparo, no sólo por la forma, por el volumen, que era menor, sino porque en ese instante tuve la certeza de que Amparo estaba lejos de allí, esperándome en cualquier lugar, fumando con calma debajo de un reloj, en un bar o en el vestíbulo de una estación. Me sentí aliviado al ver ese cuerpo, aquella lona gris y con manchas oscuras de otros cadáveres, de otras muertes. Vi unos mechones negros oscilando en el extremo de la camilla, y entonces observé todavía con más incredulidad aquel bulto menudo, miré con mayor distanciamiento los pliegues de la lona y las barras de metal de la camilla, los dedos lívidos que asomaban por un lado, unos anillos por los que suavemente se deslizaban unas gotas de agua teñidas de sangre, tal vez serpeando sobre una cicatriz entonces invisible. Era mucho más real el recuerdo del día anterior –el café, los labios, los ojos cubiertos por las gafas, la melena negra y la piel– que aquel bulto informe que tenía delante de mis ojos.

Sin rebeldía ni ruido, silenciosa, callada, oscuramente, del mismo modo que desciende una piedra en el agua hasta alcanzar el fondo de un estanque y después es enterrada por sucesivas capas de limo, así habría deseado sepultar para siempre aquella noche, aquellos días que la siguieron y que yo intenté dejar atrás a fuerza de kilómetros y silencio, ocupando el puesto de ayudante de iluminación que Meliveo había rechazado en la compañía de teatro. Dejé la ciudad y olvidé a mis pocos amigos, sólo tuve noticias de Meliveo por alguna carta que no supe contestar. Fui de ciudad en ciudad, iluminando escenarios que eran todos iguales, como lo eran las propias ciudades –pequeños hoteles, bares y camas en las que caer rendido con la ambición secreta de conciliar el sueño–. Mujeres que no despertaban nada nuevo en mí, como si sacudieran a un muerto que no pudiese verlas ni acariciarlas después de un momento fugaz de deseo, mujeres por las que tal vez habría vagado borracho por descampados resecos y por las que habría corrido en medio de la noche hasta la extenuación, mujeres a las que habría podido mirar tan fijamente como si deseara traspasarlas y recorrer su piel con una lentitud de siglos, pero a las que entonces apenas miraba un segundo a los ojos.

Sólo al caminar de noche por miserables barrios alumbrados de neón, ante miradas amenazantes y mujeres medio desnudas que se ofrecían en idiomas extraños, volví a percibir algún estímulo, quizá porque me sentía más cerca de Amparo, rozando su campo de gravedad. Sólo entonces la capa de alquitrán o de hielo sucio tras la que me había escondido parecía derretirse. Sentía atisbos, impulsos mínimos, conatos de vida mientras bebía acodado en alguna de aquellas barras, estudiando el ritmo de las mujeres con sus clientes, la danza obscena de alguna bailarina fracasada contorsionándose en su pequeño estrado. Y mientras miraba los espejos ensombrecidos y las luces de colores, pensaba en Medina, me sentía cerca de él, sin odiarlo ni compadecerlo. Como él, me sabía preso, en la misma celda en la que a aquellas horas de la madrugada estaría mirando con los ojos de par en par la sombra del techo, intentando leer en sus penumbrosos arabescos no sé sabe qué enigma. Sólo en aquellos lugares me he sentido plenamente vivo, vivo como me sentía cuando Amparo aparecía cada tarde al pie de una estatua sobre la que había un revuelo de palomas, vivo como cuando en el cine la película era un eco de su voz y el tiempo sólo era el compás de su respiración en medio de la noche. El corazón me latía acelerado cuando de madrugada volvía a mi hotel caminando por alguna calle solitaria y desconocida y escuchaba pasos en la oscuridad. Entonces percibía como un estímulo reconfortante la amenaza del peligro, la posibilidad de ser acuchillado en una de esas calles húmedas y desconchadas que hay en todas las ciudades, cerca de todos los puertos del mundo.

Así he ido durante meses de un lugar a otro hasta llegar a esta ciudad en la que el propietario del teatro me contrató como operador en uno de sus cines. Me he despedido de la compañía, que en unas semanas volveré a casa, a aquella ciudad a la que ya nada me une. Sé que allí todo me parecería muerto. Detenido ante la fachada de La Estrella vería el balcón por el que salté en el vacío como si yo fuese una de las personas que me habían visto aquel día, me recordaría a mí mismo y a mi miedo como algo ajeno y desconocido. Cada noche me visitarían los muertos, y cada madrugada habría de soportar el descenso de esa araña pesada y lenta que a veces sale de mis oídos y camina silenciosa por mi cara mientras duermo, sin soñar, casi despierto.

Tal vez nunca regrese a esa ciudad. Durante meses, durante años quizá, continuaré entre esta gente de la que apenas entiendo la dureza de sus palabras. El nombre de Wilhelmshaven se me irá haciendo cada vez más familiar, se irá poblando de olor y de sombras, de gentes. Y aquí irán naciendo otros recuerdos que día a día, soplo a soplo, irán poblando mi memoria y arrinconando las imágenes que ahora la habitan por entero. Refugiado en las pequeñas habitaciones de esta casa veré pasar el tiempo como si fuera una estela líquida y plateada, cada vez más seguro de que éste es el lugar en el que debo estar, la meta incierta y lejana a la que me condujeron tantos y equivocados pasos.

Asomado a las ventanas velaré en la noche, que aquí es profunda y trae un aire helado, un vaho transparente a través del que aparecen edificios con sus ojos de luz agónica, ventanas ama-

rillentas tras las que nadie vive. A lo lejos, plega-
dos, contorsionados y truncados por la oscuridad, se levantan almacenes, fábricas y chimeneas
en la inmensidad del puerto mientras los petro-
leros anclados en la bahía se funden con la negrura del horizonte como si estuvieran a punto
de desintegrarse y ya nunca más fueran a brotar
del abismo en el que los sumerge la noche. Inun-
dado por este paisaje, recuerdo a aquella mujer
de mirada turbia a la que empecé a querer una
noche de lluvia, después de muerta, o quizá días
antes, cuando la espié desde la barra del café, la
melena, el cuello.

Todo, el verano, el olor de la madrugada, la
lluvia, la penumbra azul y los ojos apagados de
Medina, el miedo y el vértigo, todo está envuelto por el eco cálido y susurrante de su voz de
humo. Wilhelmshaven. Un barco sale del puerto, se aleja de los muelles deslizando el reflejo de
sus luces por el alquitrán helado del mar. Asomado a la ventana, diminuto y lejano, como si
me viese desde ese barco que se interna en la
noche, comprendo que todo lo que me rodea no
es más que un telón, un decorado, y presiento,
sé, que todo puede detenerse en cualquier instante, cuando el proyector que funciona más allá del
horizonte deje de emitir su zumbido lejano, y al
apagarse el haz vaporoso y endeble de su luz, los
muelles, la ciudad y sus avenidas, queden sumer-
gidos en la verdadera, en la única oscuridad, la
del silencio. Mis labios, temblorosos como los de

un mal actor, esperando el crujido de esa palanca que todo lo ha de sumir en la nada, se abren en una mueca torpe, en un gesto parecido a una sonrisa.